MERİH GÜNAY

HOCHZEIT DER MÖWEN

Aus dem Türkischen von Hülya Engin

HOCHZEIT DER MÖWEN

by © 2020 Merih Günay

Aus dem Türkischen von Hülya Engin

ISBN 978-3-949197-20-8

Texianer Verlag

Johannesstraße 12

78609 Tuningen

www.texianer.com

Umschlag © 2020 Texianer Verlag

Es war kein schlechtes Jahr
- ich lebe -
kann noch immer trinken
und Liebe machen...

erster Teil

„Herr unser, Du Gnadenreicher" begann ich meine Worte. An jenem klaren, heiteren Augustmorgen: „Hohe Macht!". Ich war ausgeschlafen, hatte vor der ersten Zigarette eine Kleinigkeit zu mir genommen und war aus dem Haus gegangen. Gut gelaunt lief ich durch die schmale, nach Basilikum duftende Straße von Imrahor zur Arbeit. Mein erstes Buch war in jenen Tagen erschienen und hatte lobende Besprechungen erhalten. Mein ganzes Wesen war von dem leidenschaftlichen Enthusiasmus des Endzwanzigers erfüllt. Ich führte ein Souvenirgeschäft auf der Touristen-Straße der historischen Halbinsel, verkaufte Stadtpläne, Ansichtskarten, Reiseführer, Fliesen und ähnliches. Das Geschäft ging gut, ich war gesund. „So lässt sich kaum ein wahrer Dichter sein!", sprach ich laut und lachte schallend über meine eigenen Worte: „Ein Schriftsteller, der was auf sich hält, muss ein Hungerleider sein, ein Habenichts." Indessen hatten die Glocken der Surp Kevork Kirche, an der ich vorüberging, zu läuten begonnen. Wie gesagt, es war ein heller, strahlender Sommermorgen. Meine Tochter war vor wenigen Tagen vier geworden, wir lebten zufrieden und glücklich in behaglichen Verhältnissen. Wir konnten uns hochwertige Kleidung und regelmäßige Restaurantbesuche leisten. Und unlängst hatten wir uns von dem Geld, das wir beiseite legen konnten, diese Eigentumswohnung gekauft, mit Klimaanlage, Badewanne und sogar einer hübschen Terrasse. „Vom Stift des Schriftstellers muss Blut tropfen, nicht Honig!" Ich schlug über die Stränge. Übermütig begrüßte ich die Vorübergehenden: „Guten Morgen!" „Einen schönen Tag, der Herr!" Mit einem Nicken erwiderten sie meinen Gruß. Ich fühlte mich wie ein Lord, ein Philosoph, ja beinah wie ein Prophet. Die Schulbusse öffneten ihre Türen und ließen die Schüler des armenischen Gymnasiums ins Freie. Die Straße war vom Lärmen und Kreischen der Kleinen erfüllt. Ich ließ mich anstecken und setzte meine Selbstgespräche fort: „Besser kann man mit der Gunst, die Du so großzügig gewährst, nicht schreiben. Du solltest sehen, wozu ich imstande wäre, wenn ich arm und arbeitslos wäre und von der Hand in den Mund lebte!" Großer Gott! Wie hätte ich wissen können, dass Du mich hören, ernst nehmen und auf der Stelle beginnen würdest, alles in Deiner Macht stehende zu tun, damit es Wirklichkeit wurde...

Vor dem Hotel, von dem ich nur wenige Häuser entfernt war, hatte es einen Tumult gegeben, Menschen versuchten, während sie in alle Himmelsrichtungen flüchteten, mit verstörten und verängstigten Blicken zu begreifen, was geschehen war. Mit einem Mal hatte der Morgen seine Heiterkeit und Klarheit eingebüßt, die Vögel auf den Zweigen der Bäume waren verstummt und davon geflogen. In der Wolke aus Rauch und Staub, in die alles gehüllt war, sah ich Kinder, die schreiend über blutüberströmte Körper sprangen: „Eine BOMBE!" Ich konnte mich nicht von der Stelle bewegen. Die unentwegt aufheulenden Höllensirenen der Polizei und Rettungswagen wollten nicht enden. Und ich erhabener Mensch, hoher Prophet, stand wie versteinert da und fühlte, dass mein Gesicht gelb vor Angst geworden sein musste. Ich zitterte am ganzen Körper und sah auf die einzelnen blutigen Schuhe, die herumlagen, auf die Handtaschen, die Zigarettenschachteln. „Verdammt!...", murmelte ich. „Es war doch nur Spaß!"

Die Polizisten bemühten sich, den Unglücksort abzuriegeln, die Rettungswagen, die Verletzten rechtzeitig in die Krankenhäuser zu bringen. Die Scheiben der umliegenden Geschäfte und Wohnungen waren zersprungen, ein Wagen hatte sich überschlagen und stand in Flammen. Er brannte lichterloh, mitsamt den armen Insassen, gelbe Flammen züngelnd. Ich hatte mich, die Hände an der Hosennaht, nicht einen Millimeter bewegt. „Das ist ein schlechter Scherz!"

Meine Zähne klapperten, meine Hände zitterten, als ich den Laden betrat, in dem der Ladenjunge aufmerksam den Nachrichten im Radio lauschte. Zwei Bomben seien zeitgleich detoniert, eine vor einer ausländischen Bank, die andere vor der Amerikanischen Botschaft, berichtete die TRT-Sprecherin aus Ankara mit schnarrender Stimme. Unter den Toten und Verletzten befänden sich auch Touristen, fuhr die unheilvolle Stimme fort... Immer wieder sagte die infame Person es, immer wieder, mit Nachdruck. Ein Schaudern, eine jähe Wut erfasste mich: Waren diese armen Menschen nicht mindestens genauso bedeutend, genauso auserwählt wie ich? Ging dieses widerwärtige Wesen nicht zu weit, indem es diese ausländischen Touristen so unerwartet und fern der Heimat um ihr kostbares Leben brachte? Wusste es nicht, dass diese Auserwählten nicht zum gemeinen Fußvolk gehörten? Sah dieser Gott, der sonst jeden Mist sah, nicht, dass mein Auskommen von diesen Touristen abhing und dass ich noch nicht aus dem Gröbsten raus war?

Nein, er sah es nicht... Am Ende jenes Tages, noch vor Einbruch der Dunkelheit, würde kaum ein Tourist mehr in der Stadt sein, die Fluggesellschaften würden Sonderflüge einrichten, um ihre Landsleute aus der Bombenstadt herauszufliegen. Und diese verflixten Menschen würden sich nicht wieder blicken lassen, bis der Vorfall vergessen war. Sie würden mir nicht jene Dollar- und Euroscheine dalassen, auf die ich angewiesen war, um ein sorgenfreies, zufriedenes Leben zu führen. Während ich auf ihre Rückkehr wartete, würde ich die magischen Bücher ihrer Vorfahren allesamt auswendig lernen, und sie dafür verantwortlich machen, wenn ich durch das viele Lesen wunderlich würde.

Ebenso wenig wusste ich zu jener Zeit, dass das Dichterdasein brotlose Kunst ist.

Sechs Monate waren vergangen, sechs Monate, deren Tage sich mir einzeln ins Gedächtnis eingebrannt hatten und in denen ich beschloss, nie wieder Scherze mit mir unbekannten Wesen zu treiben. Ich hatte nicht einen Kuruş Gewinn gemacht, hatte mir Geld geliehen und einen Kredit aufgenommen, um wenigstens die Unkosten

erster Teil

zu decken. Voller Hoffnung wartete ich darauf, dass es wieder aufwärts ging.

Sämtliche Ersparnisse waren aufgebraucht, meine Gläubiger bedrängten mich immer häufiger. Meine Frau nörgelte unentwegt herum, forderte von mir, dem Herrn und Gebieter dieser kleinen Welt, das Geschäft aufzugeben, das ich mir durch jahrelanges Schuften aufgebaut hatte, indem ich Tag und Nacht tief unter der Erde, in den untersten der Untergeschosse großer Hotels, in stickigen Heizungskellern, Fässer voller glühend heißer Asche hinauftrug, die mich überragten, indem ich Toiletten putzte und Böden wischte. Das Geschäft, mein Lebenswerk, sollte ich aufgeben, den erstbesten Hilfsjob annehmen und in alte Zeiten zurückzukehren...

Ich sollte also diesen teuren Anzug ablegen und ihn gegen einen billigen Blaumann eintauschen. Ich sollte bei einer Bestellung nicht mehr wählerisch sein: „Und was esse ich heute? Ich kann keinen Kebap mehr sehen!" Stattdessen sollte ich mein Brot in fleischlose Speisen tunken, die ein fragwürdiger Koch mit seinen schmutzigen Händen zubereitet hatte...

Auf sämtliche Demütigungen durch Arbeitgeber sollte ich mit „Selbstverständlich, mein Herr, wie Sie wünschen, mein Herr" reagieren und vor ihnen katzbuckeln. Staunend mit ansehen, wozu ihr widerwärtiger Geiz noch imstande wäre. Den Tabak, den ich rauche, die Bücher, die ich lese, die Fahrzeuge, die ich benutze, sollte ich entsprechend den Kuruş in meiner Tasche wählen. Das Licht selbst dann ausschalten, wenn ich daheim war, damit die Rechnung nicht so hoch ausfällt und die tropfenden Wasserhähne reparieren...

Das war es, was meine Frau wollte, das Leben, das sie meiner würdig fand. Darum hatte sie ihre Sachen gepackt und die Wohnung verlassen. Sie wusste nicht, sie wollte nicht verstehen, dass es bald überstanden wäre. In einem Monat wäre die Saison wieder eröffnet. Jener schändliche Tag wäre vergessen, die Touristen fielen scharenweise wieder ein und ich wäre damit beschäftigt, ihr verzaubertes Geld in meine Taschen zu stopfen. Außerdem würde ich nie wieder großspurig daherreden.

Während der Fettwanst von einem Arzt nach kurzer Untersuchung, mit seinen Assistenten im Gefolge, das Zimmer verließ, hatte er, ohne mich auch nur eines Blickes zu würdigen, gesagt: „Sorg dafür, dass er bei Bewusstsein bleibt. Sprich mit ihm."

Wenn's sein muss...

Als ich allein mit ihm im Zimmer zurückblieb, suchte ich nach einem geeigneten Thema. Die Arme im Rücken verschränkt, ging ich im kleinen Krankenhauszimmer auf und ab. Schließlich drehte ich, ohne stehen zu bleiben, meinen Kopf in seine Richtung und sagte mit gesenkter Stimme: „Es gab ein Erdbeben." Er drehte seinen übelriechenden Kopf langsam zu mir und fragte: „Schon wieder?" Also hatte er das erste mitbekommen. Dann wandte er den Kopf wieder ab, schloss die ängstlich aufgerissenen Augen wieder und nickte ein. Ich konnte bis zum Morgen kein Auge zutun. Überall roch es nach Medikamenten.

Ich hatte mich auf den lauwarmen Heizkörper am Fenster gesetzt und sah auf die Straße. Vereinzelt fuhren Autos vorbei, Menschen gingen vorüber, dann plötzlich war die gesamte Straße von dem Lärm eines Rettungswagens erfüllt, der zur Notaufnahme fuhr, um erneut in die nächtliche Stille zu sinken. So ging es immer weiter. Das Wetter war ruhig und klar. Die Schiffe lagen lässig ausgestreckt auf dem Meer, wie Hundewelpen. Eine lange und kalte Nacht stand bevor.

Am Abend, als ich im Begriff war, das Geschäft zu verlassen, hatte mein Bruder angerufen und gesagt, dass sich der Zustand meines Vaters verschlechtert habe und er ins Krankenhaus gebracht worden sei. Bis zum Abend hatten sie ihn nicht allein gelassen. Nun sollte ich sie für die Nacht ablösen. Am nächsten Morgen kämen sie wieder. Weil ich nichts Besseres zu tun hatte, machte ich mich auf den Weg zum Krankenhaus. Ich kannte es, es war das Krankenhaus für Pflichtversicherte. Mein Onkel war hier gestorben, seiner wahrscheinlich auch. Die armen Leute des Viertels bevorzugten es als Sterbeort. Es hatte einen durchaus berechtigten Ruf als das Krankenhaus der Stadt mit dem geschäftigsten Leichenschauhaus.

Bei der Ankunft hatte ich meinen Bruder beiläufig gegrüßt und meine Mutter ignoriert. Seit geraumer Zeit sprach sie nicht mehr mit mir, weil ich mich nicht bei ihr meldete und sie auch nicht besuchte. Dennoch war ich sicher, dass sie es gewesen war, die meinem Bruder auftrug, mich zu benachrichtigen. Von sich aus würde er so was niemals tun. Denn auch er war mir böse. Alle waren mir böse. Ich wollte mit niemandem sprechen, niemanden sehen. Ich hatte mich in meine Bücher vergraben und wartete ab. Ich zählte die Tage und Stunden, bis die Saison beginnen und die Touristen zurückkehren würden. Wenn sie zurückkehrten, würde auch meine Frau zurückkehren, und meine Tochter, und wir würden froh und glücklich sein. Sie hatte mich nicht ein einziges Mal angerufen, seit sie mit dickem Bauch zu ihrer Mutter gezogen war. Ich sie auch nicht. Auch nicht letzte Woche, als ein gemeinsamer Bekannter anrief, um zu sagen, dass ich zum zweiten Mal Vater geworden war. „Na toll!" hatte ich nur gedacht. „Eine Scheißwelt hast du dir da ausgesucht!"

Morgens um acht trat der Jungarzt mit einer Schwester ins Zimmer und bat mich hinaus. An die Korridorwand gelehnt, konnte ich sie sehen. Da lag er, mit seinem alten, mageren Körper, an dem man die Knochen einzeln abzählen konnte, mit seiner fahlen Haut, ahnungslos, was um ihn herum geschah, unter dem verwaschenen Laken und schlief.

Als sie das Laken hoben, wurden sie nach anfänglich routinemäßigem Abtasten unruhig. Ihre Pupillen, ihre Nasenlöcher, ihre jungen Lippen und vornehmen Schritte beschleunigten sich. Hastig schlossen sie ihn an eine herbeigeschaffte Maschine an. Während die griesgrämige Schwester seine beiden schmalen Handgelenke drückte, massierte der neue Arzt ihm mit seinen weichen Händen das Herz. Es dauerte nur wenige Sekunden. Dann gaben sie mir ein Zeichen, hereinzukommen.

„Du bist sein..."
„Sein Sohn."
„Der lebt nicht mehr. Geh zur Schwester, damit sie dir bei den Entlassungsunterlagen behilflich ist."

Mit einem Faustschlag wäre er der Länge nach hingeschlagen und mit dem zweiten hätte er sich im Ärztehimmel wiedergefunden. Ich tat, als hätte ich seine Worte nicht gehört und sah mir meinen Vater an. Seine Augen waren weit aufgerissen, die Lippen leicht geöffnet. Er sah aus, als sei er verdurstet.

Ich ließ mir Zeit. Auch wenn die Federn ausgeleiert waren und das Laken verwaschen, jede weitere Sekunde, die er auf diesem Bett verbrächte, wäre eine Würdigung für den Verstorbenen, dachte ich. Ich fand nichts dabei, wenn er ein paar Minuten länger auf dieser Erde, in dieser Welt verweilte, wo er seine siebzig armseligen Jahre an Drehbänken düsterer Werkstätten ohne Sonnenlicht und in unverputzten Mietwohnungen verbracht hatte.

Bevor ich mich nach einer Krankenschwester umsah, rief ich, vom Büro des Sicherheitspersonals am Klinikeingang aus, einen Bekannten an: „Mein Vater ist gestorben." „Neinnn, so was...", sagte er. „Mein Beileid..." „Danke", antwortete ich und legte auf. Ich wusste, dass er mir das Verbreiten der Nachricht abnehmen würde.

    Busse, Rettungswagen und Taxis rauschten vorbei. Ich hockte mich in eine Ecke, von wo aus ich die Ankunft meiner Mutter und meines Bruders, vielleicht noch einiger anderer, sehen würde und steckte mir meine letzte Zigarette an. Von oben drang herzzerreißendes Kreischen an mein Ohr. Ich hob den Kopf und schaute hoch, es war die Hochzeit der Möwen.

Was für eine Beisetzung! Die Arbeitergötter hatten diesem ihrem treuen Diener auf seinem letzten Weg nichts von ihren Gaben vorenthalten. Genau als wir am städtischen Friedhof ankamen, hatte ein Regenschauer eingesetzt und die Erde in Schlamm verwandelt. In meinen verschlissenen Schuhen stampfte ich durch den Schlamm. Das für ihn vorgesehene Erdloch war fünfhundert Meter von dem Tor entfernt, an dem der Leichenwagen gehalten hatte. Zu allem Übel hatte ein wichtigtuerischer Moscheegänger, der sich aus purer Nächstenliebe diesem prächtigen Leichenzug angeschlossen hatte, herausgefunden, dass ich der Sohn war und mich kurzerhand unter den Sarg geschubst.

Der Verstorbene wog – die Knochen mitberechnet – bestimmt nicht mehr als fünfundfünfzig Kilo. Hihi, entbeinte man ihn, reichte das verbleibende Fleisch nicht mal aus, um einen Welpen satt zu machen. Dabei hatte der Ehrwürdige bei jeder Mahlzeit mindestens eine Stunde am Tisch zugebracht. Abend für Abend hatte er alles verputzt, was ihm vorgesetzt wurde. „Weil er mittags nichts isst", sagte Mutter dann immer. „Damit er ein paar Kuruş mehr in der Lohntüte hat, isst er nicht in der Werkstattkantine. Das hat er so mit dem Betrieb ausgemacht." Meine Schulter schmerzte und ich war nass bis auf die Haut. Meine Schuhe waren durchnässt, die Socken platschten darin bei jedem Schritt. Der Turban tragende Imam ging uns wiegenden Schrittes voran, hob ab und zu sein feistes Gesicht gen Himmel und murmelte: „Es regnet, Gott segnet..." Ich rang nach Atem, mein Geist war von Fieberwahn befallen. Vor Hunger wurde mir schwarz vor Augen und ich hatte Wahnvorstellungen, während ich mich torkelnd fortbewegte:

„Mit gesenkten Köpfen und gefalteten Händen standen alle still am Grab, einige weinten. Die Spitzhacke des Totengräbers stieß auf ein Tongefäß, das Gefäß zersprang, Goldstücke wirbelten durch die Luft. Die Köpfe wurden gehoben, dann stürmten alle in das offene Grab. Zuunterst war der Imam. Sie rissen sich um die goldenen Münzen, stießen einander um. Ich aber griff

nach der Schaufel und begann, sie mit Erde zu überschütten."

Alle, die ihn kannten und liebten, waren zur Beerdigung zusammengeströmt. Mein Bruder, ich, meine Mutter und der Vermieter. Und dieser Menschenfreund. Mit jedem Schritt, den ich tat, wurde der Sarg schwerer, mir schwanden die Sinne, so torkelte ich auf dem schmalen Pfad zwischen den mit Holzmalen gekennzeichneten Gräbern weiter. Ich hatte weder breite Schultern noch muskulöse Oberarme. Ich hatte nicht die Kraft von zwei Ochsen. Ein schmächtiges Kerlchen war ich! Ich und den Sarg tragen!

Als ich gegen Abend in den Laden zurückkehrte, fand ich alles verwüstet vor. Die Waren in den Regalen, die Fliesen an den Wänden lagen nun in tausend Stücken auf dem Boden, die Schubladen waren aufgesprungen. Die Wände hatten riesigen Risse, die Fensterscheiben waren zerbrochen, der Boden hatte sich gewölbt... In den Gesprächen der Passanten war von Tausenden von Toten die Rede, von Städten, die dem Erdboden gleich waren, von Zerstörung... Elend und Katastrophe waren einander näher als meine Eier.

Ich tastete meine Taschen nach etwas Essbarem und Zigaretten ab. Sie waren leer. Mein letztes Geld hatte ich soeben für die Fahrt im Sammelbus ausgegeben. Ich war nicht sicher, ob mein Schwindel vom Hunger oder vom Nikotinmangel herrührte. Doch was das Geschäft anging, war ich sicher. Ohne auch nur das Geringste mitzunehmen, schloss ich den Laden ab und hinterlegte den Schlüssel im Nachbargeschäft, damit sie ihn dem Vermieter gaben. Ich setzte nie wieder einen Fuß in diese Straße.

Die Hände in den Taschen, lief ich nach Hause. Irgendwann hatte der Regen aufgehört, um schließlich von neuem niederzuprasseln. Das Hemd und die Hose, die ich trug, hatte ich fast einen Monat nicht gewechselt. „An jenem unglückseligen Tag hätte ich aufhören sollen", ging mir durch den Kopf, während ich durch die Straßen lief. „Aber wie konnte ich ahnen, dass es ein Erdbeben geben würde, ausgerechnet jetzt, wo es doch wieder bergauf zu gehen schien." Ein Motorrad, auf dem zwei Personen saßen, raste auf der nassen Straße auf mich zu. Während ich beiseite sprang, sah ich eine Katze von der anderen Straßenseite auf die Fahrbahn laufen. Bevor ich „Vorsicht!" rufen konnte, war sie unter dem Vorderreifen des Motorrads verschwunden. Ich verzog das Gesicht. Das Motorrad war, nachdem es über die Rippen der Katze gefahren war, ein wenig ins Schleudern geraten, hatte sich wieder gefangen und war davongerast. Zunächst wollte ich umkehren, weglaufen, mich übergeben. Dann riss ich mich zusammen, ich sollte sie von der Fahrbahn holen, dachte ich. In der Dämmerung konnte ich sie nicht sehen. Ich brach einen Zweig von einem nahen Baum und ging näher heran. Der Regen prasselte weiter auf den Asphalt und die Katze war nicht da. Ich sah auf der Fahrbahn nach, auf dem Bürgersteig, zwischen dem Grün. Nichts. Womöglich war gar kein Motorrad vorbei gefahren. Und in meiner Tasche hatte ich nicht einen einzigen

Kuruş, um etwas für meinen knurrenden Magen oder eine Packung Zigaretten zu kaufen.

Als ich in meine Straße bog, hörte ich zwei Männer sprechen, die unter der Markise der Metzgerei Schutz vor dem Regen gefunden hatten. Der ältere der beiden deutete auf eine Frau, die einige Meter vor mir her ging und sagte: „Schade... Die Ärmste ist taubstumm, hab ich gehört." Von hinten waren nur die Umrisse einer kleinen, dicken Frau zu sehen. Der Mann fuhr fort: „Gott bewahre! Wenn ihr einer was antun wollte, könnte sie keinen Mucks von sich geben."

Als sie das Haus betrat, in dem ich wohnte, ging ich im Geiste alle Mieter durch. Außer mir müssten es drei Familien, zwei alte Witwen und ein Student sein. Als ich die Haustür aufschloss, brannte das Treppenlicht noch. Auf den ersten Stufen angekommen hörte ich eine Tür ins Schloss fallen. Wenn ich mich nicht irrte, musste sie die Wohnung unter mir betreten haben. Die, in der ich den Studenten vermutete.

Vor meiner Tür angekommen, kramte ich meinen Schlüssel aus der Tasche. Am Türklopfer steckten mehrere Umschläge. Rechnungen, Zahlungsaufforderungen der Bank wegen meines Kredits, Mahnungen. Es waren nicht die ersten. Seit Monaten kamen sie. Ich öffnete sie schon gar nicht mehr. Ich konnte eh nichts tun. Ich wollte nicht sehen, mit welch unvergleichlichem Tempo die Zahlen in die Höhe schnellten, wollte nicht das gesetzliche Geschwafel lesen. Ich warf sie auf die anderen Umschläge auf dem Schuhschrank in der Diele und ging in die Küche. Es war nichts Essbares da. Ich zog die nassen Sachen aus und hängte sie zum Trocknen über die Türklinken. Nachdem ich ein Handtuch gefunden hatte, mit dem ich mir die Haare trocknen konnte, legte ich mich aufs Bett. Dann wurde ich von einem plötzlichen Zittern übermannt und zog die Decke über. Ich merkte, dass meine Brust beim Einatmen schmerzte. Als der Schmerz vorbei war, stand ich auf und ging ins Bad. Während ich mich dem lauwarm fließenden Wasser überließ und meinen Körper einseifte, fühlte ich zwischen den Achselhaaren unter meinem Arm einen dicken, stielartigen Fortsatz. Es war eine Art Stängel. Ich war entsetzt. Wenn ich ihn ließe, wo er ist, würde er wachsen und wie Efeu meinen ganzen Körper umschlingen. Ich würde dreimal täglich duschen müssen, damit er genug Wasser hätte, würde Erde auf meine Schuhsohlen streuen und langärmelige Sachen tragen müssen, um ihn zu verdecken. Ich nahm die Rasierklinge, die am Waschbecken lag und schabte ihn ab. Er verschwand. Und kam nicht wieder.

Bei geschlossenen Fenstern und fest zugezogenen Vorhängen lag ich im Dunkeln und dachte nach. Die Worte „keinen Mucks von sich geben" klangen in meinem Kopf nach. Ich wiederholte sie laut. Mit jeder Wiederholung verloren sie an Bedeutung. Nach einer Weile bedeuteten sie nichts mehr. Dann nahm ich mir ein anderes Wort vor: „Schade." Das wiederholte ich dann ebenfalls laut: „Schade, schade, schade, schade, schade..." Ich ließ den Klang auf mich wirken. Und wechselte unvermittelt zum „keinen Mucks von sich geben". Beim ersten Aufsagen kannte ich die Bedeutung, je öfter ich wiederholte, desto mehr ging die Bedeutung verloren. Wirre Gedanken hatten von meinem Geist Besitz ergriffen. Ich hatte keine Kontrolle über sie.

Das erste, was ich fühlte, als ich die Augen öffnete, war Hunger. Mein Magen knurrte. Mechanisch ging ich wieder in die Küche und öffnete den Schrank. Ich durchwühlte die Regale, spähte in alle Ecken des Schrankes und fand nichts. Als ich das Badezimmer betrat, um mir das Gesicht zu waschen, stand mir ein finsterer, unrasierter Mann mit tief in den Höhlen liegenden Augen gegenüber. Ich wusch mir das Gesicht und sah noch einmal hin, ich sah zum Fürchten aus.

Ich öffnete den Vorhang einen Spalt und sah durch das beschlagene Fenster hinaus auf die Straße. An der gegenüberliegenden Ecke durchwühlte ein Papiersammler die Müllcontainer, hin und wieder warf er dem klapperdürren Straßenköter, der um seine Beine schlich, eine Plastiktüte mit Essensresten vor. Das Licht störte meine Augen. Ich zog den Vorhang wieder zu und ging ins Wohnzimmer. Ich griff ins Regal, nahm wahllos ein Buch heraus und legte mich auf das Sofa. Ich warf einen Blick auf den Titel und schlug die erste Seite auf. Ich las einen Absatz, verstand nichts, begann von Neuem. Ich konnte keine Verbindung zwischen den Sätzen herstellen. Manchmal schweiften meine Gedanken ab, so dass ich von Neuem beginnen musste. Die Laute, die mein Magen produzierte, konnte ich nicht länger überhören. Hastig zog ich Hemd und Hose wieder an und öffnete die Wohnungstür. Unter dem Türklopfer steckte ein neuer Umschlag. Ich warf ihn achtlos zu den anderen und stieg langsam die Treppe hinunter. Aus der Wohnung der Taubstummen war Tellergeklapper zu hören. Suppenduft schwebte durch das Treppenhaus. In der Hoffnung auf etwas Essbares stieg ich in den Kohlenkeller und sprach dabei vor mich hin: „Verdammter Kerl! Hab ich dich jemals vorher angepumpt?" Es war mein Cousin, den ich mir so vorknöpfte, er hatte einen Elektronikhandel in Küçük Ayasofya. „Hätte ich dich gefragt, wenn es nicht dringend gewesen wäre? Ach, du bist auch pleite? Sieh an! Meinst du, ich wüsste nicht, was für ein Geizkragen du bist?" Dann hielt ich plötzlich inne. Mir fiel ein, dass ich ihn gar nicht angepumpt hatte. Ich war verwundert. Dann fuhr ich fort: „Und wenn, hättest du mir denn was geliehen? Ach, du hattest keine Ahnung? Der König der Geizkragen hatte also keine Ahnung!"

Als ich den Kohlenkeller betrat und den Schalter anknipste, war ein kurzes Poltern und Rennen zu hören. Während ich meine Hände vor die Augen legte, um sie vor dem grellen Licht zu schützen, spürte ich einen Schmerz und gleich darauf ein aufsteigendes Fieber. Nachdem ich mich ein wenig umgesehen und nichts zu beißen gefunden hatte, stieg ich langsam wieder die Treppe hinauf. Der Essensduft hatte meinen Geist, meine Lungen, meinen ganzen Körper erfüllt. Unwillkürlich blieb ich einige Sekunden vor der Tür stehen, von der der Duft strömte, um dann in die Wohnung zurückzukehren. Ich presse meinen Mund an den Wasserhahn in der Küche und füllte meinen Magen mit kühlem

Wasser. Als einige Minuten später mein Magen brannte, übergab ich mich und legte mich aufs Bett. Ich zog die Bettdecke über meinen Körper und versuchte, die wirren Gedanken aus meinem Kopf zu verdrängen. Ich fühlte, dass ich schlafen musste und wälzte mich im Bett herum. Dann, als ich meine Hände zwischen meine Beine legen wollte, merkte ich, dass etwas fehlte. Ich fasste mir in den Schritt. Er war nicht da. Ich war entsetzt. Gleich darauf hörte ich etwas. Ich lupfte die Decke und ließ meinen Blick über den Teppich wandern. Da war er: Er stand auf dem Teppich, mit dem Rücken an den Kleiderschrank gelehnt, die Hände in die Hüften gestemmt, warf mir wütende Blicke zu und murrte. Ich streckte den Kopf vor und sah ihn mir genau an. Er hatte Augen, Mund, Nase und Ohren. Er trug einen Hut und eine kurze Hose. Sein Oberkörper war nackt. Ich stemmte mich mit den Handflächen auf das Bett und schob den Körper nach vorn. Das Entsetzen, das von mir Besitz nahm, hätte mich beinah aus dem Bett gestürzt. Er richtete sich auf und murrte weiter. Ich verstand nicht, warum er so wütend war und was er sagte. Er war sehr niedlich. Nie zuvor hatte ich ihn mir so genau angesehen. War er mir böse? Weil ich mich nicht um ihn gekümmert hatte? Das waren doch nun wirklich Probleme, die sich leicht beheben ließen. Ich muss ihn einfangen und ein ernstes Wort mit ihm reden, dachte ich. Ich streckte meinen rechten Arm aus und schwenkte ihn in seine Richtung. Er wich der Wucht der Bewegung aus und sprang auf den Nachttisch, wo er wieder die Hände in die Hüften stemmte und weiter murrte. Dann sprang er mit einem Satz auf die Fensterbank, von da nach draußen und verschwand.

Als ich mir die Decke wieder über den Kopf gezogen und zu weinen angefangen hatte, klingelte es an der Tür. Zunächst stand ich nicht auf, weil ich glaubte, mich verhört zu haben. Als es noch einmal und länger klingelte, spitzte ich die Ohren und lauschte. „Mama, ich glaub, Papa ist nicht zu Hause." Das war es, was ich gehört hatte. Das war die Stimme, die aus einer Entfernung von acht Schritten zu mir ans Bett drang. Als es immer beharrlicher klopfte, war ich sicher. Ich bin gerettet, dachte ich. Ich dachte an meine Tochter, meine Frau, an warmes Essen. Alles, was ich mir erträumte, stand, acht Schritte von mir entfernt, und wartete darauf, dass ich die Tür öffnete und sie hereinließ. „Hihi", dachte ich, „der Spaß ist also vorbei." Ich stützte mich mit den Handflächen auf dem Fußboden ab und schaukelte hin und her. Während der Türklopfer immer weiter trommelte, kroch ich auf allen Vieren zur Tür. Ich brauchte einige Sekunden, um meine ganze Kraft zusammenzunehmen, damit ich die Tür öffnen konnte: „Du Schelm!"

Der Mann mit grauer Hose und Krawatte, der am anderen Ende der blank geputzten Schuhe stand, sah verwundert herunter in mein Gesicht und wedelte mit den Papieren herum, die er in der Hand hielt. Neben ihm stand ein zweiter Mann, in ähnlicher Aufmachung, sowie zwei weitere in schäbiger Kleidung. Als er meinen Namen nannte und fragte: „Sind Sie das?", nickte ich gleichgültig. In einem rasenden Tempo rasselte er sein Anliegen herunter, sagte, dass er von der Bank komme, sagte was von Zahlungen, Briefen und anderen Dingen mehr. Die Tür der Nachbarwohnung war nun auch geöffnet worden. Die Nachbarin, die ins Treppenhaus trat, sah mich entgeistert an. Als der Mann fertig war, konnte ich nur sagen: „Ich habe kein Geld." „Dann muss ich meiner Pflicht nachkommen. Wir müssen Sie pfänden."

Ohne die Schuhe auszuziehen, gingen sie an mir vorbei in die Wohnung. Ich blieb auf allen Vieren an der Tür und beobachtete sie. Sie sprachen miteinander, ihre Hände wanderten über Möbel und Hausrat. Etwas später begannen die beiden in schäbiger Kleidung, die Gegenstände, die ihnen gezeigt wurden, nach unten zu tragen.

Zuerst trugen sie die größeren Teile gemeinsam hinaus, um dann zurückzukehren und andere Gegenstände mitzunehmen. Ab und zu warfen sie mir einen Blick zu. Schließlich war die Küche ausgeräumt. Kühlschrank, Herd, Spülmaschine, das Porzellan, die Schüsseln, alles war weg. Der Fernseher, die Sitzgarnitur, das Silber, der Esstisch, der Kleiderschrank, die Beistelltische, die Kommoden waren weg. Sie machten weiterhin ihre Runden durch die Wohnung und beförderten kleinere Stücke, die sie fanden, hinaus. Selbst den Küchenschrank, die zusammengerollt hinter der Tür stehenden Teppiche, den Badezimmerspiegel und das Bild an der Wand nahmen sie mit.

Etwa zwei Stunden später stand ich an einer Ecke des Fensters der völlig ausgeräumten Wohnung und beobachtete die von der Arbeit heimkehrenden Menschen. Frauen und Kinder streckten ihre Köpfe zum Fenster oder Balkon hinaus und warteten auf ihre Männer und Väter. Und ich versuchte, meinen knurrenden Magen zu besänftigen, indem ich meinen Mund alle zehn bis fünfzehn Minuten an den Wasserhahn presste und meinen Magen mit Wasser füllte. Das war das Einzige, was ich tat, bis meine Kraft mich vollends verließ und ich die Augen nicht mehr aufhalten konnte.

Als ich so dalag, hörte ich ein Läuten in meinem Kopf. Es läutete ununterbrochen, eindringlich. Ich vermutete, dass es die Alarmglocken meines Magens waren. Er wollte mich wecken, mich zum Aufstehen bewegen, damit ich mich auf die Suche nach etwas machte, das ich ihm bieten könnte. Ich aber wollte meine Augen nicht öffnen, wollte meinen Kopf nicht unter der Decke hervorholen. Hin und wieder hörte ich die Stimme meiner Tochter, die nach mir rief, sah die Katze unter das Rad geraten. Dann hörte ich wieder den Türklopfer. Vor meinem Auge erschien das Bild von gut gekleideten Menschen, die an einer reich gedeckten Tafel speisten und Raki tranken, Frauen lachten betörend durch blendend weiße Zähne unter prachtvollen Lippen. Dann verschwanden die Bilder und Stimmen und ich hörte wieder den Türklopfer. Als schließlich alles von einem ohrenbetäubenden Lärm abgelöst wurde, versuchte ich, die Stimmen und Geräusche des Mietshauses zu erkennen, die ich hörte, während mich zwei Leute, die anzusehen mir die Kraft fehlte, aus dem Bett rissen und die Treppe hinunter schleppten.

„Ach, deshalb hat er sich tagelang nicht aus der Wohnung getraut."

„Der sieht ja gemeingefährlich aus."

„Kein Wunder, dass seine Frau ihn verlassen hat."

Ich begriff, dass sie mich in einen Wagen steckten, dass wir irgendwohin unterwegs waren, doch ich fand keine Erklärung dafür, warum das alles geschah. Aber ich gab mir auch keine sonderliche Mühe, um es zu verstehen. Die Worte, die in mein Ohr drangen, waren mir vertraut, doch sie bedeuteten mir nichts. Ich hatte meine zitternde Hand auf die Hose des Mannes gelegt, der neben mir saß und tastete ihn mit einer mechanischen Bewegung ab. Ich suchte nach einem Stück Brot oder einer Zigarette. Ich war so schwach, dass es Minuten dauerte, bis meine Hand das Hemd des Mannes erreicht hatte. Kurze Zeit später hielten wir an. Als sie mich rausholten, hatte ich ein wenig blinzeln können. Zunächst wurde es sehr hell um mich, so hell, dass ich geblendet war und nichts sah im Licht, ich konnte nicht einmal meine Füße bewegen.

Sie schleiften mich einige Stufen hoch und steckten mich durch eine Tür.

Untergehakt von diesen beiden Personen, die mich festhielten, stand ich in der Mitte des Raumes. Einen Schritt von mir entfernt stand ein großer Tisch, hinter dem ein uniformierter Mann saß, der auf das Blatt vor sich sah. Ich begriff, dass ich auf einem Polizeirevier war. Die Wanduhr hinter dem Mann zeigte drei Uhr nachts. Auf dem darunter hängenden Kalender war der 13. April rot markiert. Er sah von dem Papier auf und sah mir in die Augen, dann musterte er mich von oben bis unten. Während sein Blick über meine schmutzige, seit Tagen nicht gewechselte Kleidung wanderte, fragte er: „Was machst du beruflich?"

Ich konnte die Frage nicht sofort begreifen, sie drehte ein paar Runden in meinem Kopf, zerfiel in ihre Einzelteile, die hin und her prallten. Dann brachte mein Mund hervor: „Tourismusbranche." Nachdem er mich noch einmal ungläubig gemustert hatte, fragte er: „In diesem

Aufzug?" Ich überlegte eine Weile, dann antwortete ich: „Ja."

„Wie alt bist du?"
„Achtundzwanzig."
„In deinem Ausweis steht was anderes."
„Vielleicht auch neunundzwanzig. Ich bin nicht sicher..."
„Bist du verheiratet?"
„Ja... Nein... Bin ich nicht."
„ Was denn jetzt?"
„Ich weiß nicht. Ich war verheiratet, aber ich weiß nicht, was daraus geworden ist."
„Was heißt das?"
„Wir wollten uns trennen. Sie hatte die Scheidung eingereicht. Ich weiß nicht mehr, was daraus geworden ist."

Er fragte weiter, ohne mich aus dem Auge zu lassen:

„Was ist mit deinem Gesicht passiert?"
„Was ist denn damit?"

„Völlig zerkratzt ist es. Voller Blut. Weißt du das nicht?"

„Nein, das muss die Katze gewesen sein. Ich weiß es nicht. Ich bin ein wenig verwirrt."

„Warum hast du das gemacht?"

„Was gemacht? Ich habe nichts gemacht."

„Ich meine: Warum hast du die Frau überfallen?"

„Ich habe niemanden überfallen. Ich lag im Bett. Ich schlief."

„Keine Ausflüchte! Antworte vernünftig!"

„Ich suchte etwas zu essen."

„Und dann hast du gedacht, wenn ich schon mal da bin, kann ich sie auch gleich vergewaltigen."

„Nein, ich suchte nur was zu essen. Dann..."

„Halt den Mund! Sieh dich doch an. Du zitterst ja immer noch, bist leichenblass."

„Weil ich etwas hungrig bin."

„Deinen Hunger kenne ich. Jetzt erzähl der Reihe nach! Mach's uns nicht so schwer. Du wolltest ihre Hilflosigkeit ausnutzen, ja, war es das, was du wolltest?"

„Ich... Ich dachte, ich könnte vielleicht was zu essen finden..."

„Hör doch auf mit dem Essen! Erzähl, wie es passiert ist."

„Ich war unten im Kohlenkeller. Die sind abgehauen, als ich Licht machte."

„Wer ist abgehauen?"

„Keine Ahnung. Vielleicht war es eine Katze. Oder Ratten."

„Waren es nicht zufällig die Fingernägel der armen Frau, die dein Gesicht so zerkratzt haben?"

„Welche Frau? Ich kenne keine Frau... Ich war im Kohlen..."

„Hör doch auf mit dem Keller! Ich weiß, was du getrieben hast."

Plötzlich packte mich die Wut. Mein Verstand büßte seine Klarheit ein, alles verschwamm. „Du weißt es, ja? Du weißt also alles! Warum fragst du mich dann? Einen Scheiß weißt du. Was weißt du denn schon? Eine Bombe ist..." Bevor ich meinen Satz abschließen konnte, wurde mir schwarz vor Augen. Bevor ich das Bewusstsein verlor, hörte ich, wie jemand eintrat und sagte: „Wir haben die Frau hier, Herr Kommissar. Sollen wir die Beiden gegenüberstellen?"

zweiter Teil

Sobald ich die Augen öffnete, wurde ich von einem Hustenanfall geschüttelt. „Endlich ist das Fieber gesunken", sagte eine Frauenstimme. „Heute Abend können wir ihn heimschicken." Das Zimmer war voller Tageslicht. Vogelgezwitscher drang durch die Fenster herein. Das Knurren meines Magens war verstummt, Laute und Bilder waren klarer geworden. „Sagt dem Barbier Bescheid. Der soll ihn rasieren, damit er wieder wie ein Mensch aussieht", hatte die selbe Frauenstimme gesagt, bevor ich in den Schlaf zurücksank. Das hatte sie gesagt.

Mit unbeschreiblicher Freude machte ich mich auf den Heimweg, lief in Schlangenlinien zwischen den Laternenpfählen, die die Straßen erhellten und summte eine Melodie, die Balsam für meine Lippen war. Die finsteren Gedanken hatten meinen Geist verlassen und einer süßen

Lebensfreude Platz geschaffen. Vor mir lag ein Leben, mit dem es aufzunehmen sich lohnte. Und auf dem Boden lag eine nur halb gerauchte, mit der Schuhspitze ausgetretene Zigarette. Ich blieb stehen, trat zwei Schritte zurück und sah hinunter. Ja, da lag sie, eine kleine, feine Kippe, nach deren Rauch sich meine Lungen seit Tagen sehnten. Ich sah mich um. Als ich mich vergewissert hatte, dass niemand her sah, beugte ich mich hinunter, hob den Stummel auf und lief schnell davon.

Nun lauerte ich darauf, dass der Zigarettenstummel zwischen den Fingern des Mannes vor mir auf dem Boden landete. Ich folgte dem Mann, damit seine Zigarette meiner einen Kuss aufdrückte, bevor sie verglomm. Um Feuer zu erzeugen, und Rauch, und Gewissenserleichterung. Als der Mann einen letzten Zug nahm und den Stummel wegwarf, reagierte ich so flink wie ein Schakal, damit kein Regentropfen auf ihn fallen und ihn auslöschen konnte. Ich zündete meine Zigarette an. Ich zündete sie an und nahm einen ersten Zug. Ich nahm einen Zug

zweiter Teil

und die Knie sackten mir weg. Ich nahm noch einen Zug. Der Rauch bildete einen Ring in meinem Schädel, kreiste umher, zog in meine Lungen ab und ließ sie jubilieren. Ich nahm noch einen Zug, das war schon der letzte. Die Erde bebte. Dann lehnte ich mich mit dem Rücken gegen eine Hauswand und wartete, bis mein Schwindel aufhörte.

Ich schmunzelte, als mir im Treppenhaus bewusst wurde, dass sich in meinen Taschen nichts weiter befand als der Schlüssel. Dass ich nicht einmal ihn brauchte, wurde mir klar, als ich die Wohnungstür erreichte. Neulich in der Nacht hatten die Polizisten die Tür eingetreten, als ich ihnen nicht geöffnet hatte. Nach kurzer Prüfung musste ich einsehen, dass die Tür gebrochen und aus den Angeln gerissen war und dass ich sie nicht wieder einhängen konnte. Geld für einen Handwerker hatte ich auch nicht. Also trat ich einfach ein. Die Haustür war ausreichend, sie musste ausreichen. Vorläufig hatte ich keine andere Wahl.

Beim Betreten der Wohnung wurde mir das ganze Ausmaß des Geschehenen bewusst. In der Wohnung befand sich nichts außer einem Kleiderhaufen, den verstreut umherliegenden Büchern und ein paar Lappen. Auch das nahm ich mir nicht zu sehr zu Herzen und ging langsam vor dem Kleiderhaufen in die Knie. Nachdem ich eine saubere Hose und ein Hemd daraus gefischt und sie über die Tür gehängt hatte, ging ich ins andere Zimmer, zu den Büchern. Als ich, im Schneidersitz sitzend, begonnen hatte, sie zu ordnen, klopfte es an der Tür.

Ich stand auf und sah nach. Es war diese Taubstumme aus der Wohnung unter mir. Hektisch erzählte sie mir etwas mit ihren Händen, ihren Lippen, ihren Augen. Zwischendurch bekreuzigte sie sich immer wieder. Wenn ich mich nicht täuschte, versuchte sie, sich zu entschuldigen. Auch ich bewegte Hände und Lippen, um ihr klarzumachen, dass sie keine Schuld treffe, dass vielmehr ich ihr für jenes Erwachen zu danken habe. Außerdem schuldete ich auch dem Mann Dank, der in jener Nacht den Versuch unternommen hatte, sie zu vergewaltigen. Doch zunächst einmal hatte ich Hunger. Und ich stand einer Frau gegenüber, die sich bei mir zu entschuldigen versuchte und kochen konnte. Ich machte sie auf meinen Hunger aufmerksam, indem ich meine Hand auf meinem Bauch kreisen ließ. Verwundert riss sie die Augen auf und gab mir, schon im Hinausgehen, mit einer Handbewegung zu verstehen, dass ich warten solle.

Kurz, nachdem ich zu den Büchern zurückgekehrt war, trat sie mit einem Tablett in der Hand in die Diele. Das Platschen ihrer Hausschuhe auf dem nackten Boden musste bis ins Treppenhaus zu hören sein. Mit einer Geste bat ich sie ins Zimmer zu treten und erhob mich. Auf dem Tablett waren gebratene Auberginen- und Zucchinischeiben, Brot, Salz und Joghurt. Und ein Glas Wasser. Kein bitteres Leitungswasser, sondern Trinkwasser, einwandfreies Wasser. Ich nahm ihr das Tablett ab, setzte mich erneut auf den Boden und begann, mir den Bauch voll zu schlagen. Ein wenig später schrieb sie etwas auf einen Zettel, den sie zwischen den

Büchern gefunden haben musste und zeigte ihn mir. „Talin" stand darauf. Sie deutete zweimal mit dem Zeigefinger auf mich und drückte mir den Zettel in die Hand. Ich schrieb meinen Namen darauf und zeigte ihn ihr. Erfreut und herzlich drückte sie meine Hand und ging zurück in ihre Wohnung. Sie hatte so fest gedrückt, dass ich meine Finger anschließend mit der anderen Hand voneinander lösen musste.

Wieder bei klarem Verstand und mit gefülltem Magen, überkam mich eine Trägheit. Ich zog mich aus, warf mich aufs Bett und schloss die Augen, ohne an irgend etwas zu denken und schlief tief und fest bis zum nächsten Morgen.

Als ich am darauf folgenden Tag gegen Mittag aufwachte, fand ich gewisse Veränderungen vor, die ich verwundert registrierte. Zunächst einmal war die Tür repariert und wieder eingehängt. Bad und WC waren gereinigt und blitzten vor Sauberkeit. Die Wohnung war gelüftet worden, die Bücher und Kleidungsstücke ordentlich gestapelt. Ein erfrischender Duft lag über der gesamten Wohnung. Und das Frühstückstablett auf der Anrichte in der Küche flüsterte mir zu, dass ich Herz und Körper für neue Aufregungen öffnen sollte.

Das hätte ich auch, wenn mich nicht dieser entsetzliche Schmerz niedergestreckt hätte, noch bevor ich mir das Gesicht waschen konnte. Es war ein Stich in die linke Seite, unmittelbar gefolgt von einem zweiten rechts. Ich lag der Länge nach auf dem Boden und konnte mich nicht vom Fleck rühren. Je mehr ich es versuchte, desto stärker durchzuckte der Schmerz meinen Rücken. Die Tür war angelehnt. Während ich versuchte, mich aufzurichten, konnte ich Schritte im Treppenhaus hören. Ich biss die Zähne zusammen, aber ich konnte mein Stöhnen nicht unterdrücken: „Ahh!" Erst wurde mir schwarz vor Augen, dann bäumte sich mein ganzer Körper auf. Schließlich bohrte sich der größte Schmerz in meinen Leib und überwältigte mich. Ich musste ohnmächtig geworden sein.

Diesmal öffnete ich meine Augen mit einer paradiesischen Brise. Mir war, als säße ich, umgeben von allerlei Frühlingsblumendüften, in einem Gebirgsbach und badete im kühlen Wasser. Ein Lächeln nahm von meinem Gesicht Besitz. Mir fiel ein Stein vom Herzen. „Gott sei Dank", murmelte ich: „Gott sei Dank."

Talin saß auf dem Rand des Bettes, in das sie mich gelegt hatte und benetzte mir Gesicht, Hals und Brust mit dem Wasser, das sie aus einer Flasche in ihre hohle Hand füllte. Bei der Feststellung, meine Finger und Zehen bewegen zu können, wuchs meine Erleichterung. Dann machte ich mich daran, die Suppe hinunter zu schlucken, mit der sie mich löffelweise fütterte. Zwischendurch setzte sie den Teller am Bettrand ab und kontrollierte mit der Hand, ob ich noch Fieber habe und lächelte mir zu.

Ich sah sie in der Wohnung herumgehen, mit einem Tuch, das sie immer in der Hand hielt, Fenster putzen und frische Bettwäsche bringen. Zwischendurch setzte sie sich an den Bettrand

zweiter Teil

und massierte mir mit ihren kräftigen Händen Füße und Beine.

Aus Angst vor neuen Schmerzen wagte ich nicht aufzustehen. Bevor sie ging, hatte Talin eine Plastikflasche quer durchgeschnitten und neben das Bett gestellt. Ich begriff, dass das meine Pinkelflasche war. Aus Angst, dass ich mich ungewollt drehen und wieder ohnmächtig werden könnte oder dass etwas weitaus Schlimmeres geschehen könnte, blieb ich in dieser Nacht regungslos liegen, starrte auf die Zimmerdecke und lauschte in die Nacht.

Ich hörte Wohnungstüren auf- und zugehen, ich vernahm die Laute der Straße, die durch das Fenster hereindrangen. Zu fortgeschrittener Stunde hörte ich den Wagen der Straßenreinigung, hörte die Müllmänner sprechen. Dann hörte ich, wie ein Wagen anhielt, jemand ausstieg, die Tür zuschlug und wie der Wagen dann wieder anfuhr. Gegen Morgen lauschte ich dem Grölen zweier Betrunkener, ihren Tritten gegen die Mülltonnen, die sich mit dem Ruf zum Morgengebet mischten, gefolgt von einem Sala-Ruf. Ich sah den Tag anbrechen, die Sonnenstrahlen mein Zimmer erhellen. Ich hörte die abends gestellten Wecker nacheinander klingeln, hörte das Murren derer, die aufwachten, um in die Schule oder zur Arbeit zu gehen. Zwischen dem Rauschen der Bade- und Duschwasser, den Toilettenspülungen und dem Klingeln der Telefone hörte ich Talin mit einem Schlüssel die Tür aufschließen und in Begleitung einer weiteren Person eintreten. Ich sah einen Mann im weißen Kittel an mein Bett kommen, eine Spritze aufziehen, die er aus seiner Tasche geholt hatte, meine Unterwäsche zur Seite schieben und die Spritze in mein Fleisch setzen. Ich hörte ihn sagen: „Schon vorbei. Heute Abend sehe ich wieder nach Ihnen." *

Es waren Tage, an denen ich regungslos im Bett lag, morgens wie abends eine Spritze bekam und dreimal am Tag Tabletten mit ein wenig Wasser in meinen mitgenommenen Magen beförderte, die mir Talin in den Mund stopfte. Dank der Pflege dieses Menschen, über den ich erst vor einigen Tagen im Vorübergehen ein paar Worte aufgeschnappt, den ich vor einer Woche zum ersten Mal im Leben gesehen hatte, kam ich allmählich wieder auf die Beine. Ja, aber wo war mein Leben geblieben, das ich vor einer Woche noch hatte? Diesen gefährlichen Gedanken scheuchte ich sofort wieder fort.

Nun war mein Hirn nicht mehr voll wirrer Gedanken, sondern voller funkelnder Einfälle. Verse und Geschichten durchstreiften meinen Geist, ungeduldig darauf wartend zu reifen und zu Papier gebracht zu werden. Talin, mit der ich mich nun geschickter durch Zeichen und Gesten verständigen konnte, hatte ich um Heft und Stift gebeten und wartete im Liegen auf den ersten Ansatz des Stiftes. Der Rest würde wie von selbst kommen, das wusste ich. Eine erste Strophe, ein erster Satz, festgehalten auf Papier, würden den Damm brechen: „Herr unser, Du Gnadenreicher" „Hohe Macht!". Solch ein magisches Wort würde möglicherweise alles verändern.

„Das geht so nicht weiter", sagte er, nachdem er die letzte Spritze aus meinem Fleisch gezogen hatte. „Sie müssen einen Arzt konsultieren." Er hatte mit mir gesprochen. Nun versuchte er es, durch mit Gesten und Zeichen, Talin klar zu machen. Wer um alles in der Welt war diese Talin?

Ich sah, dass Talin dem Mann Geld gab, das sie aus ihrer Tasche geholt hatte, nachdem sie ihm zustimmend zugenickt hatte. „Seltsam!", dachte ich. Während Menschen, die ich mein halbes Leben kannte, sich nicht einmal nach mir erkundigten, pflegte mich diese Frau, die ich zum ersten Mal vor einer Woche gesehen hatte, freiwillig und ohne Gegenleistung, als sei ich ihr Ehemann, ihr Vater oder Kind. Meinen Urin, den ich in die Flasche pinkelte, schüttete sie in die Toilettenschüssel, ohne das Gesicht zu verziehen. Sie fütterte mich und gab mir meine Medikamente. Wer um alles in der Welt war diese Frau? Eine Heilige, eine Retterin in Gestalt einer Behinderten? Ein Engel in Menschengestalt? Oder eine schöne Erscheinung, die ich meinen nicht näher bekannten Leiden zu verdanken hatte? Wenn sie eine Erscheinung, eine Wahnvorstellung war, warum war sie dann so dick?

Wie auch immer, nachdem der Apotheker gegangen war, hatte sie mich angezogen, gestützt und es mit Hilfe des Fahrers des von ihr gerufenen Taxis fertig gebracht, mich ins Krankenhaus zu bringen. Im Anschluss an allerlei Untersuchungen, Tests und Röntgenaufnahmen verließen wir gegen Abend die Klinik. Beginnende Lungenentzündung, Muskelzerrung, Zyste am Jochbein und Blasenentzündung waren meine neuen Gefährten, mit denen man mich bekannt machte. Gemeinsam kehrten wir in einem anderen Taxi heim.

In den Tagen der von ärztlicher Seite eindringlich empfohlenen Ruhe war das ersehnte erste Zauberwort aufs Papier gefallen und hatte Sätze nach sich gezogen, die eilends über steinige Wege marschierten. Talin bekochte und umsorgte mich weiterhin, achtete darauf, dass ich meine Medikamente einnahm. Die Funken der Zuneigung in ihren Augen waren nicht zu übersehen. Auch ich war ihr verbunden, mit Gefühlen, die Zuneigung, Wertschätzung und Vertrauen bargen, Gefühlen, die an Mutterliebe erinnerten, bar jeder Leidenschaft, jeder Liebe zu einem Vertreter des anderen Geschlechts.

In den folgenden Tagen, als ich bereits aufstehen und in der Wohnung herum gehen konnte, hatte ich neben den üblichen Briefen von der Bank auch Besuch bekommen. Es handelte sich um ein Ehepaar, entfernte Verwandte, die ich seit Monaten nicht gesehen hatte, die von nichts wussten und vorbeigekommen waren, weil sie in der Nähe waren und von der Geburt des Babys gehört hatten. Ihre Verwunderung, als ihnen die Tür von Talin geöffnet wurde statt von meiner Frau, der Ausdruck auf ihren Gesichtern beim Anblick der gähnend leeren Wohnung, die Blicke, mit denen sie die Medikamentpackungen am Bett musterten, waren sehenswert. Kurz danach hatten sie sich an das Fußende des Bettes gesetzt und hörten mir voller Staunen zu. Als ich

zweiter Teil

verstummte, sagte er: „Ach, Sohn, such dir doch einen Job wie alle anderen und arbeite!" Ich überlegte kurz und antwortete ihm dann: „Nicht jeder arbeitet so, wie du dir das vorstellst." „Na gut", fuhr er fort, „warum suchst du dir nicht so eine Arbeit wie meine?" Ich sah zum Fenster und antwortete beiläufig: „Weil ich wie ein Mensch leben will." „Was soll das heißen?", brüllte er. „Leben wir etwa nicht wie Menschen?" Ich wandte mich ihm zu, betrachtete seine zerschlissene, geflickte Kleidung, die vom Tauziehen schwieligen Hände, das früh ergraute Haar und sagte: „Nein." Sie erhoben sich und gingen. „Das sieht man ja", sagte er auf der Treppe, „wie du lebst! Versager!"

An einem Tag, an dem ich mich völlig genesen fühlte, machten Talin und ich einen Spaziergang. Wir verließen die Hauptstraße, liefen schweigend durch die Seitengassen, unter den Schatten der Kuppeln, an niedrigen Holzhäusern und erbärmlichen Baracken vorbei, über die Bahnschienen, dann an den Raki-Kneipen und Fischrestaurants vorbei ans Ufer. Außer einer alten Frau, die mit ihrem Hund spazieren ging, dem verdrossenen Halwa-Verkäufer, der hinter seinem Verkaufswagen hockte und auf Kundschaft wartete, den Knirpsen, die ganz offensichtlich die Schule schwänzten und zwei Pennern, die auf einer Bank ihren Fusel tranken, war niemand auf der Uferstraße, die sich bis zum Horizont erstreckte. Die Beiden kannte ich von früheren Spaziergängen. Sie pflegten eine alte Offiziersmütze aufzusetzen, die sie wer weiß wo aufgetrieben hatten und besetzten den schmalen Weg, der von der Stadtmauer hinaus führte und nur einspurig zu befahren war. Dann ließen sie ihre Trillerpfeife gellen und gaben den Wagen Zeichen, anzuhalten oder weiterzufahren. Manche Autofahrer erwiderten ihre Pfiffe mit einem Hupen oder einem Kopfnicken. Andere kurbelten die Scheibe herunter und gaben ihnen ein paar Münzen oder einen Schein. Der so zu Geld gekommene Penner übergab dem anderen Trillerpfeife und Mütze, kaufte Wein, stieg ans Ufer hinab oder setzte sich unter einen Baum und ließ es sich gut gehen. So verlief eben das Leben dieser Herren des Weins. Sie unterwarfen sich keinem Joch, sie bürdeten sich nicht die Verantwortung für eine Familie auf. Sie scherten sich nicht darum, was sie am Leibe trugen, wo sie schliefen. Warum auch, schließlich waren sie niemandem zu Dank verpflichtet.

Während ich, getrieben von der Vorfreude, es gleich nach der Heimkehr zu Papier zu bringen, darum bemüht war, dieses Gefasel, das mir in den Sinn kam, in einer sicheren Ecke meines Geistes zu verwahren, berührte mich Talin wie zufällig mit ihrer Hand oder ihrem Arm und störte mich. Ich wollte nicht, dass sie meine magischen Worte, Sätze und Einfälle verscheuchte. Wer um alles in der Welt ist diese Frau?

Trat ich einen Schritt zur Seite, rückte sie anderthalb Schritte an mich heran. Ich floh auf die nächstbeste Bank, als wir an den Pennern vorbei waren. Natürlich ließ sie es sich nicht nehmen, mir zu folgen. Kaum hatte sie sich gesetzt, als zwischen unseren Köpfen – war es ein Zaubertrick oder was? – eine rote Rose auftauchte. Ich führte meine Hand an die Stirn, dann an den

Bauch. Ich hatte weder Fieber noch Magenknurren. Auf einmal war eine Stimme zu hören: „Willst du der schönen Dame keine Rose überreichen?" Als wir uns umdrehten, sahen wir ein hübsches Zigeunermädchen, das schwanengleich um die Bank herum schwebte, sich vor uns stellte und wie ein Wasserfall auf mich einredete, damit ich ihr ein paar von ihren Blumen abkaufte. Während ich schrie und herum fuchtelte, um das Mädchen loszuwerden, wurde Talins Gesicht roter als die Rose. Nachdem es mir unter Mühen gelungen war, sie abzuwimmeln, standen wir auf und traten den Rückweg an. Welche Seligkeit...

Die Lichter der Fischerboote, der Brücken und Minaretts, der Vergnügungsparks am anderen Ufer und der Wohnungen gingen nach und nach an und bereiteten sich darauf vor, die Nacht in ein Fest zu verwandeln. Das Fest zu Hause hatte allerdings ohne uns stattgefunden. Das Schloss der Wohnungstür war ausgewechselt, die Wohnung versiegelt. An der Tür klebte eine amtliche Bekanntmachung, dass sie vom soundsovielten

Vollstreckungsgericht durch Zwangsversteigerung verkauft werde. Die wenigen Dinge, die sich in der Wohnung befanden, Bücher, Kleidung und anderen Krempel, hatte man einfach vor die Tür gelegt. Talin hatte meine Hand in beide Hände genommen und gab mir durch Gesten zu verstehen, dass ich mir keine Sorgen machen solle. Ja, warum auch? Tod des Vaters, Insolvenz, Zwangsräumung, kein Dach mehr über dem Kopf, für einen Perversen gehalten werden, um ein Haar verhungern, von der Familie verlassen sein... Bin ich etwa der Einzige, dem das alles in nur einem Monat zustößt? Ja, ich bin ein Unikum, ich stehe heute, voller Angst vor dem Gestern und dem Morgen, vor der Tür, mit dem, was ich am Leibe trage, ohne einen Kuruş in der Tasche! Und du, bist du ein wunderschönes Geschöpf, ein Geschenk Gottes? Wer um alles in der Welt bist du?

Als sie mich bei der Hand nahm und die Treppe abwärts führte, folgte ich ihr ohne zu zögern hinunter in ihre Wohnung. Während ich mich achtlos auf den erstbesten Sessel in dieser Wohnung setzte, die ich zum ersten Mal betrat, hatte sie längst begonnen, die vor der Wohnungstür stehenden Sachen nach und nach herunter zu tragen und in einer Ecke des Zimmers zu verstauen.

Es war eine kleine Zweizimmerwohnung, genauso geschnitten wie meine. Sie war mit schlichten Möbeln eingerichtet, die erst kürzlich gekauft sein mussten. Es war eine saubere, ordentliche und helle Wohnung. Ich fühlte mich nicht fremd. Talin gab mir unentwegt durch Zeichen und Gesten zu verstehen, dass ich nicht traurig sein sollte. Meine Augäpfel, die ihren Bewegungen folgten, schmerzten. „Du erwartest ein Wunder?", sagte ich zu mir selbst. „Stell dir vor, sie könnte sprechen!"

Nachdem sie, ratlos, was sie tun sollte, zwischen den Zimmern hin und her gelaufen war, fiel ihr schließlich ein, in die Küche zu gehen und Essen zuzubereiten. Auch ich stand auf, und sah mich um. An der einen Wand des Zimmers, über der Polstergarnitur, hing ein Familienfoto. Zwei niedlich gekleidete kleine Mädchen standen vor den Eltern und lächelten in die Kamera. In den oberen Regalen des Schranks waren vorwiegend Liebesromane und Zeitschriften zu finden. Als ich auf den Flur trat, sah ich sie in der Küche arbeiten und huschte an ihr vorbei in das andere Zimmer. Es war ein kleines Schlafzimmer, in dem ein breites Bett mit einer schönen Decke, ein schwerer, dunkler Kleiderschrank, ein Stuhl und zwei Nachttische standen. Über dem Kopfende des Bettes hing ein Foto in einem Rahmen, auf dem zwei junge Mädchen Arm in Arm nebeneinander standen. Die jüngere der beiden musste Talin sein. Die andere aber war ein ausgesprochen hübsches Mädchen mit heller Haut.

Ich schreckte auf, weil mich etwas Warmes gestreift hatte. Talin stand neben mir, lächelte, wies auf das andere Mädchen auf dem Foto und machte Zeichen. „Nah.", „Wie? Nah?", „Freundinnen?" „Sehr nah." „Schwestern?" Ja! „Wie? Deine Schwester?" Atomkrieg zwischen zwei Kindern... Was heißt Schwester? „Andere Mutter?" „Mutter, Mutter?" „Ja!" „Gleich!" Das gibt's doch nicht... „Ist die Schwester tot? Oder am Leben?" „Sie lebt." Aber ja, ja doch. Ja, natürlich schütze sie Gott. „Wo?" Ring. Ehering. „Sie ist verheiratet?" Ja... Schön, sehr schön... Prima... „Kinder?" „Kinder, Kinder." Ja, sie hat Kinder. „Zwei Kinder." „Ehemann." Schade... Ich meine, gut, wunderbar. „Schöne Schwester, schöne Schwester."

Die Küchenarbeit ging ihr gut von der Hand. Was sie in fünfzehn, zwanzig Minuten zubereitete, schmeckte köstlich. Wein hatten wir auch. Wir aßen an dem runden Beistelltisch, den sie in die Mitte des Zimmers stellte und sahen fern. Wenn mein Blick ab und zu auf Talin fiel, sah ich, dass ihr inniger Blick auf mir ruhte. Sie blieb kaum fünf Minuten auf ihrem Platz, sprang immer wieder auf, war ständig in Bewegung, um mich zufrieden zu stellen. Sie brachte neue Teller, schenkte Wein nach, lächelte. Sie wirkte glücklich und der Wein schmeckte gar nicht schlecht. Ob Talin nicht rauchte? „Zigaretten, Zigaretten?" „Paff, paff. Rauch." Sie rauchte nicht, aber sie ging schnell welche holen. Unter ihrem Rock guckten ihre unrasierten Beine hervor. Ich nahm die Flasche und mein Glas mit und verließ den Tisch. Ich setzte mich aufs Sofa und trank weiter. Mein Blick war auf das Foto an der Wand geheftet. Was für eine Schwester!

Die Flasche war geleert, die zweite entkorkt und mich überkam eine Trägheit. Im Fernsehen war ein dümmlicher Liebesfilm, neben mir das Tischchen, darauf die Zigarettenpackung, mir gegenüber im Sessel Talin. Unter dem T-Shirt, das sie trug, zeichneten sich ihre riesigen Brüste und ein paar Fettpolster ab. Ich war satt, die Wohnung warm, der Wein gut. Schenk mir ein, Talin. Wenn du einschenkst, wirst du schöner. Deine Augen und Zähne werden schöner und die Haare an deinen Beinen werden unsichtbar. Schenk mir ein, meine Schöne. Ich bin ein Mann und hatte seit Monaten keine Frau. Wie schön doch deine Haare sind! Schenk mir ein, mein Herz, wie gut dir die Pfunde stehen! Haben wir keinen Wein mehr, Talin? Wie du duftest, hast du gerade gebadet? Ja, hol noch einen, mein

Herz, der Abend hat doch gerade erst begonnen. Wo bin ich hier und wer bist du? Warum wird es dunkel, wessen Bett ist das? Wessen Beine, Schenkel, Brüste? Ja, ich liebe dich auch. Wie war noch mal dein Name? Ah! Langsam, meine Schöne. Der Wein ist alle, was ist denn mit dir? Was sind das für Laute, weinst du etwa? Oh, langsam! Was ist das für Blut? Ohh! Ich dich auch, Schatz! *

An den folgenden Tagen war Talin mit der alltäglichen Hausarbeit beschäftigt, während ich auf der faulen Haut lag. Ich hatte wieder Bekanntschaft mit dem fast vergessenen Alkohol gemacht, den Hang dazu hatte ich vom Vater, und ich gab mir alle Mühe, das Verpasste nachzuholen. Talin stand mir in nichts nach. Beim Abendessen fingen wir an und tranken bis tief in die Nacht. Nachdem wir hemmungslos vögelten, wurden wir vom Schlaf übermannt. Die Meldungen der Zeitungen kündeten von einer großen Wirtschaftskrise. Fabriken, Betriebe wurden geschlossen. Wer nicht so schnell aufgeben wollte, entließ viele Mitarbeiter. Alles wurde teurer, die

Lebenshaltungskosten stiegen unaufhaltsam. Meine wenigen, halbherzig unternommenen Versuche, Arbeit zu finden, waren erfolglos verlaufen. Zu Hause führten wir kein luxuriöses Leben, aber es fehlte uns auch an nichts. Talin arbeitete nicht. Seit meinem Einzug bei ihr vor einigen Tagen hatte sie nicht ein einziges Mal Besuch bekommen. Gelegentlich war ich zwar kurz davor gewesen, zu fragen, woher das nötige Kleingeld kam, hatte es mir aber sogleich anders überlegt.

Der Frühling nahte. Die Straße, auf die ich vom Fenster aus hinaussah, legte langsam ihren mürrischen Gesichtsausdruck ab. Die Bäume begannen allmählich, ihre Zweige mit Leben zu füllen. Ich tat nichts anderes als zu lesen, fernzusehen, gelegentlich zu schreiben und zu trinken. Sollte wider Erwarten jemand nach mir suchen, würde er mich hier, in den neuen Verhältnissen, in denen ich mich häuslich eingerichtet hatte, niemals finden, um mich herauszuholen. Ich wollte ja auch gar nicht raus. Erst recht nicht an jenem Tag! Keine Macht der Welt hätte mich aus dieser Wohnung herausholen können, als ich, nachdem Talin einkaufen gegangen war, die Tür aufgemacht und sie gesehen hatte. Sie stand an der Tür, sah mich fragend an, sah dann zur Tür und wieder in mein Gesicht. „Ich wollte eigentlich zu Talin, aber..." Allmächtiger! Sie sind richtig hier. Doch, doch, hier ist es. Das ist Talins Wohnung, ja, genau. „Talin ist nur kurz weg, einkaufen." Bitte treten Sie ein. Nehmen Sie doch Platz! Prachtvolle Beine, frisch gewaschenes Haar... „Und wer sind Sie, wenn ich fragen darf?" Wer ich bin... Ja, wer bin ich? Ein armer Schlucker. Ein Dreckskerl, der sich bei dieser herzensguten Frau eingenistet hat und sich von ihr durchfüttern lässt... Ein Tunichtgut, ein Penner, ein Schmarotzer! Ein Nichts bin ich, aber „ich bin ein Freund von Talin". Warum sah sie mich so verdutzt an? Könnte Talin keinen Freund haben? Oder sah ich so schrecklich aus? Dabei war ich auf dem Wege der Genesung, hatte mich aufgerappelt. Du hättest mich vor zwei Wochen sehen sollen, meine Schöne! Das ist nichts dagegen! „Ich bin Talins Schwester." Schwester, was für eine Schwester? Eine solche Schwester? Was für eine Schönheit, was für ein Duft! Sie tragen einen wunderschönen Schal. Ihre Schuhe sind auch wunderschön. Aus Paris? „Bitte." Möchten Sie auch den Schal ablegen? Darf ich Ihnen die Tasche abnehmen? Bitte. Nehmen Sie Platz. Wo möchten Sie sitzen? Wein? Ich tue nichts, ich bin harmlos. Nein, bitte, missverstehen Sie mich nicht. Zwischen Talin und mir ist nichts. Wir sind nur Freunde. Und Sie? Wie ist es Ihnen so ergangen?

„Wir wohnten in der Nähe, drei Straßen weiter. In einer kleinen Wohnung wie dieser. Als sich unsere Eltern trennten, hatte Papa diese Wohnung für Mama gekauft. Sie hat nur knapp ein Jahr darin gelebt. Nach ihrem Tod haben wir sie an einen Studenten vermietet. Zwei Jahre nach meiner Heirat verloren wir unseren Vater. Als Talin nicht dort wohnen bleiben wollte, haben wir unseren Mieter in die andere Wohnung gesteckt. Wir haben niemanden mehr, nur einander. Und Talin zog, wie Sie sehen, hier ein. Mein Mann ist recht wohlhabend, so dass ich weder auf die Wohnung noch die Miete angewiesen bin. Meine Schwester lebt von den Mieteinnahmen. Das ist alles. Nun sind Sie dran, erzählen Sie."

Ich hätte ihr ewig zuhören können. Ich konnte meinen Blick nicht von ihr abwenden. Sie war schön gekleidet. Ihre Stimme war schön, ihre Haare, ihre Augen, ihre Zähne, alles an ihr war wunderschön. Außergewöhnlich war sie, unbeschreiblich. Auch Talin war glücklich, uns bekannt gemacht zu haben. „Und Sie", hatte sie gesagt, „Erzählen Sie nun von sich?"

Nachdem ich mich gefasst hatte, erzählte ich ihr in knappen Worten meine Geschichte. Sie hörte interessiert zu, sie war bekümmert, kräuselte ihre schönen Lippen. Anschließend sagte sie: „Talin hatte noch nie zuvor einen Freund. Ich habe sie noch nie so glücklich gesehen." Ich stotterte: „Wir... Wir sind nur Freunde." Sie lächelte. „Talins Augen sagen aber etwas anderes. Ihr Blick ist der einer glücklichen Frau." Dabei hatte sie ihre Hände auf die Knie gestützt und sich ein wenig nach vorne gebeugt. Der Duft ihrer feuchten Haare, ihr Blick brachten mich fast um den Verstand. In diesem Augenblick war ich ein wilder Stier und hätte wahnsinnig werden können! Die unbeschreiblichen Erschütterungen meiner Seele und meines Körpers konnte ich nicht verhindern, konnte mich nicht zügeln. Was für Beine, was für ein Busen! Was ist das für ein betörender Duft? Ich bin ein Sünder und ich möchte sündigen. Es ist kein Scherz, keine Großspurigkeit. Wirklich nicht. „Wir verstehen uns gut", antwortete ich. Wenig später stand sie auf und zog sich an. Erst im letzten Moment fiel es mir ein. Ich rief ihr nach: „Äh... Wie heißen Sie?" Sie drehte sich um, sah mir tief in die Augen und sagte: „Natali."

Gegen Mittag verließ ich gewöhnlich das Haus und klapperte die Adressen der Stellenanzeigen ab, die ich aus der Zeitung ausgeschnitten hatte. In der jeweiligen Straße angekommen, sah ich schon von weitem an der Menschenansammlung am Eingang, dass ich an der richtigen Adresse war. Ich hörte von einigen, dass sie schon seit sieben Uhr morgens warteten. Ich sah Menschen, die eine Zigarette schnorrten, andere, die darauf warteten, dass eine halb gerauchte Zigarette weggeworfen wurde.

Die Wohnung über uns war verkauft und an ein junges Ehepaar vermietet worden. Beide waren berufstätig, trotzdem kamen sie kaum über die Runden, wie sie uns bei unseren Begegnungen im Treppenhaus sagten. Wo man hinsah, hörte man Unzufriedenheit, in der Schlange der Arbeitsuchenden, in den Linienbussen, unter den Passanten. Die Menge des Fleisches auf unseren Tellern hatte sich verringert, wie sich das Etikett unseres Weins geändert hatte. Dennoch ging es uns besser als vielen anderen. Und schließlich kam der Tag, an dem Natali wieder kam. So schlimm war das mit der Krise auch wieder nicht, der Wein schmeckte immer gleich gut, und zuviel Fleisch schadete der Gesundheit. Dieses Mal trug Natali ein knappes Hemd und einen kurzen Rock und ich hätte Jahrhunderte lang in dieser Krise leben wollen. Ich hätte diese Wohnung niemals verlassen, hätte auf Zigaretten und Wein verzichten, wieder hungern können.

dritter Teil

Von Büchern sprach Natali, nicht von billigen Schundromanen. Von Schriftstellern. Von Celine und von Fante, nicht von Schriftstellern mit Verstopfung. Und sie lachte. Natali lachte und die Wohnung lachte. Die Vorhänge lachten, die Wände lachten, die Lampenschirme lachten. Von Dichtern sprach sie. Von Majakowski und Tarkowski. Sie erzählte, und mit mir geschahen seltsame Dinge. Sie war sehr wohlhabend, und sie steuerte ihren Wagen selbst, und sie erledigte ihren Einkauf selbst. Natali war sehr reich, und ich hatte keine fünf Kuruş. Sie war sehr schön, sehr gebildet, und sie saß mir gegenüber. Ich sah ihr Haar, ihre Augen, ihre Schultern. Ich hörte ihre Stimme, ich sog ihren Duft ein, ich schmolz in ihrem Feuer dahin. Ich saß ihr gegenüber und je weniger ich wurde, desto mehr sah ich. Natali sprach von Picasso und ich sah ihre Bluse. Sie sagte Dali und ich sah ihren Rock. Sie sprach von Frida; ich sah den Träger ihres Büstenhalters. „Geht es Ihnen gut?", fragte Natali und ich wollte sterben. Wenn sie nach meinem Befinden fragte, hätte ich die Hand küssen mögen, die sie mir auf die Stirn legte; und Talin warf mir sehr böse Blicke zu. „Bitte erzählen Sie", sagte Natali und ich erzählte. Natali hörte zu und es wurde Abend. Wenn es Abend wurde, musste sie gehen, denn sonst gäbe es ein Donnerwetter. Es gäbe ein Donnerwetter, denn ihr Mann liebte Natali über alles. Eifersüchtig war er, denn er liebte sie sehr. Natali verließ nicht oft das Haus, denn sie liebte es nicht, das Haus zu verlassen. Sie mochte die Gebäude, den Lärm, die Blicke nicht. Natali hörte zu Hause Chopin und Vivaldi. Sie malte zu Hause und sie las. Natali führte den Haushalt; sie kümmerte sich um die Kinder, sie kochte. „Soll ich das nächste Mal Brot mitbringen, Schätzchen?" Weg war Natali.

Ohne Zeit zu verlieren, begann ich mit dem Schreiben. Talin machte sich bettfertig, ich sah nicht hin. Die Sätze sprudelten nur so aus mir heraus. Talin hatte ihr Nachthemd angezogen, ich sah nicht hin. Die Absätze ergossen sich nur so auf das Papier. Als Talin sich mit Parfum besprühte, war ich fast am Ende des ersten Teils angelangt. Talin machte mir schöne Augen; ich entwarf eine Gliederung in fünf Kapitel. Talin legte den Arm um mich, der Stift hätte beinah gestockt. Talin brachte Kirschen: „Kirsche, sei meine Muse!", ich aß eine Kirsche. Talin brachte Mirabellen: „Bring mir Glück, Mirabelle!", ich aß eine Mirabelle. Talin schmiegte sich wieder an mich: „Lass mich in Ruhe, Talin!" Talin schmollte, ging ins Schlafzimmer: „Zum Teufel mit dir, Talin!"

Ich betrat das Zimmer, sie lag bäuchlings da. Ich zog meine Hose herunter, sie lag immer noch da. Ich streifte die Unterhose ab, sie weinte. Ich legte mich auf sie, sie schluchzte. Ich zog ihr Nachthemd hoch, sie hörte auf zu schluchzen. Ich zog ihr den Schlüpfer herunter, sie hörte auf zu weinen. Ich drang in sie ein, Talin wurde ruhig. Gutmütigkeit ist eine Plage.

Ich hatte es mir zur Gewohnheit gemacht, morgens beim Aufwachen und nachts vor dem Einschlafen Natalis Foto an der Wand anzuschauen und ihr eine Kusshand zuzuwerfen. Aus Angst, dass ich sie verpassen könnte, hatte ich auch aufgehört, nach Arbeit zu suchen. Ich tat nicht einen Schritt vor die Tür. Sobald Talin die Wohnung für irgend welche Besorgungen verließ, holte ich das Fotoalbum aus der unteren Schublade des Nachttisches hervor und sah mir voller Bewunderung Natalis Fotos an. Natali nimmt ihr Diplom entgegen, Natali läuft, Natali schwimmt, Natali bekommt eine Medaille, Natali spielt Klavier, Natali hält eine Rede, Natali...

Talin ist auf den Fotos Natalis so nah wie sonst niemand und sie wirkt glücklich. Nicht auf einer einzigen Aufnahme ist etwas Gekünsteltes, Neid oder Verärgerung zu sehen. Die Erfolge, das Glück und die Schönheit ihrer Schwester machen sie glücklich. Auf keiner der Aufnahmen ist Natalis Mann zu sehen. Die Kinder zuhauf, das herrschaftliche Haus, das sie bewohnt, immer wieder. Natali lächelt immer, aber ihr Mann ist auf keinem Foto zu sehen. Und nur auf einem Foto ist Natali nicht fröhlich und von diesem Foto fehlt die Hälfte! Natali sitzt auf einem geschnitzten Sessel, hat die Hände vor der Brust verschränkt und eine Hand hängt herab auf ihre Schulter, aber der Besitzer der Hand fehlt. Doch die Besitzerin dieser Augen, die mich wütend ansehen, ist anwesend. Talin. Ja, wer um alles in der Welt ist diese Talin?

Sie reißt mir das Album aus der Hand, holt die Fotos von der Wand herunter und wirft sie aufs Bett und sich selbst obendrauf. Talin weint und keine Gutmütigkeit dieser Welt kann diese Tränen stoppen. Ich bin bereit, sie zu trösten, sie braucht viel Trost. Ich schenke ihr eigenhändig Wein ein, füttere sie mit Kirschen (normale Kirschen, von der Muse ungeküsste). Ich streichele ihr über das Haar, ich küsse ihre Zunge, ich nehme sie sogar in den Arm. Meine Gedanken sind bei Natali. Vier Tage habe ich sie nicht gesehen. Ob sie morgen kommt? Was hat Talin mit den Fotos gemacht?

Mittlerweile kaufte Talin keine Zeitung mehr, sie ging auch kaum noch einkaufen. Die Fernsehnachrichten berichteten von der größten Krise des Jahrhunderts. LKWs und Kleinbusse karrten die Menschen bei Tagesanbruch in die Fabriken und mitten in der Nacht wieder zurück. Der Mensch arbeitete noch mehr, um die Krise zu überwinden und erhöhte jeden Tag die Preise für das, was er produzierte. Du fehlst mir so, Natali. Ich finde keinen Schlaf.

Eines Abend war Natali wieder da. Noch im Türrahmen sagte sie: „Los! Macht euch fertig. Wir gehen aus."

„Wohin denn, Natali?"
„Ich lade euch zum Essen ein. Schluss mit der Trägheit!"
„Aber..."
„Kein Aber... Ich dulde keine Widerrede."

Würde es sie nicht in Schwierigkeiten bringen? Nein, das würde es nicht. Sie hatte sich eine Ausrede ausgedacht und diesen Abend frei bekommen. Trotzdem dürfe sie nicht zu lange bleiben. Wir sollten uns beeilen. Wir beeilten uns. Wir zogen und an und gingen aus dem Haus.

Es regnete. Die Menschen verteilten sich, eiligen Schrittes unter ihren Regenschirmen, von der Hauptstraße in die Seitengassen, nach Hause. Die Autos schoben sich Stoßstange an Stoßstange langsam durch die Straßen. Die Geschäfte waren hell erleuchtet, die Kunden kauften wie verrückt. Jemand, der das lebhafte Treiben in der Stadt nicht gewohnt war, hätte denken können, der Krieg sei ausgebrochen.

Vom einen bis zum anderen Ende der Straße reihten sich beiderseits auf einer Strecke von zwei Kilometern Cafés, Bistros, Feinkostgeschäfte, Restaurants, Supermärkte und Bars aneinander, sowie einige wenige Trockenfrüchte- und Blumenläden.

Laut Messingschild an der breiten Fensterfront war das Restaurant mit Alkoholausschank, das wir betraten, seit zweiundfünfzig Jahren in Betrieb. Es stand also seit mehr als einem halben Jahrhundert an dieser Stelle. Und der Mann, der an der Registrierkasse am Eingang saß, schien diese Zahl zu bestätigen, als habe er sich seit zweiundfünfzig Jahren nicht von seinem Stuhl erhoben, als esse und trinke er dort am Tisch, als erledige er seine Notdurft mithilfe eines Schlauchs und einer Beutelvorrichtung in seiner Hose und schlafe nächtens am Tisch.

Sauber und adrett gekleidete Kellner schwirrten zwischen den leeren Tischen umher und trafen letzte Vorbereitungen.

Noch waren keine Gäste da außer dem alten, mageren Mann in abgetragener Kleidung, der allein und mit dem Rücken zur Straße an einem der Tische saß und Bier trank. Das Schild am Eingang, die drinnen getroffenen Vorbereitungen sowie das geschäftige Treiben draußen kündeten allerdings davon, dass es kaum eine Stunde dauern würde, bis kein einziger Stuhl unbesetzt blieb.

dritter Teil

Von meinem Platz aus gesehen sah es so aus, als sei die Handfläche des Mannes, der sich mit dem Ellbogen auf den Tisch gestützt hatte, an seiner rechten Wange festgewachsen. Auf dem Tisch lag ein speckiger Hut. Ein unentwegt zwitschernder Wellensittich trippelte zwischen den leeren Tellern herum. Jedes Mal wenn der Mann die dürren Finger seiner linken Hand ausstreckte, landete der Vogel sofort darauf und knabberte am silbernen Ehering herum. Sein Schnabel war ständig in Bewegung, ebenso die winzigen Beinchen. Er bewegte sich hastig, als habe er nur noch kurze Zeit zu leben und dürfe nichts verpassen.

Andere Gäste waren uns gefolgt. Ein gut gekleidetes Paar, allem Anschein nach frisch verheiratet. Entgegen landläufiger Meinung konnten manche Ehepaare sehr wohl auch nach der Heirat gemeinsam essen gehen und Wein dazu trinken. Es waren in der Regel berufstätige Paare, die noch keine Kinder hatten.

Die Gäste schüttelten beim Betreten des Restaurants ihre Schirme, wurden am Eingang von einem Kellner in Empfang genommen und an ihre Tische geführt. Und das Lokal begann sich, unter der Mitwirkung weiterer unbeschwerter Vergnügungssuchender, allmählich zu füllen.

Der Vogel, dürr und ungepflegt wie sein Herrchen, kletterte, vom ansteigenden Lärm gestört, womöglich sogar verängstigt, von der Hand des Mannes auf den Arm, von dort auf die Schulter und nahm seinen sicheren Platz ein, von dem aus er den gesamten Raum beherrschte.

Wir saßen schweigend und nahmen von den bereits servierten Vorspeisen. Bisweilen schaute ich in Natalis schöne Augen, um anschließend meine Blicke über die anderen Tische schweifen zu lassen.

Die Tische wurden mit Vorspeisen und Getränken versorgt. Kellner, Hilfskellner, Köche, alle waren in Bewegung. Ebenso die Tische: Der eine zog seinen Mantel aus, der andere wischte seine vom Regen nassen Brillengläser trocken, andere wiederum waren längst in eine angeregte und laute Unterhaltung vertieft. Das einzige Wesen im Saal, das sich nicht regte, war der Mann hinter der Registrierkasse. Er hatte sich fest zurückgelehnt, die Hände auf die Oberschenkel gelegt, die Augen auf das zweiundfünfzig Jahre alte Foto geheftet, das bei der Eröffnung des Ladens gemacht worden sein musste und nun genau in Augenhöhe an der gegenüber liegenden Wand hing. Ich musste mir vorstellen, wie die beiden Außenmauern des Restaurants durch zwei Kräne geschoben und aneinander gepresst würden, dass dabei Flammen emporstiegen und der Mann im Foto und das Foto im Mann verschwände.

Eine Frau, der Kleidung nach eine kleine Angestellte, wurde auf den Vogel aufmerksam. Ihre Begleiter, zwei Männer, die dunkle Anzüge von jener Art trugen, die sich Männer der Unter- und Mittelschicht zulegten, um sie auf der eigenen Hochzeit und anschließend zu sämtlichen Festtagen zu tragen, folgten ihrem Blick und lachten amüsiert über den Sittich, der auf der Schulter des Mannes herum trippelte. Etwas später, der Vogel musste auch ihr aufgefallen sein, stand Natali mit einer geschmeidigen Bewegung auf und ging, unter den verstohlenen Blicken der Männer an den anderen Tischen, zum Vogelbesitzer, beugte sich ein wenig hinunter und fragte: „Der ist ja süß! Wie heißt er denn?" Der Mann antwortete nicht, hob nicht einmal den Kopf, um Natali anzusehen. „Darf ich ihn mal streicheln?" Keine Antwort. Sobald sie ihre Hand ausstreckte, schnappte das Tier nach Natalis Zeigefinger und knabberte daran herum. Wir lachten, als Natali an unseren Tisch zurückgekehrt war.

Natali erzählte, ich hörte zu. Ich erzählte, Natali hörte zu. Meist formten unsere Lippen zur selben Zeit die selben Worte. Dann trafen sich unsere Blicke und wir schwiegen. Bemüht, sich nichts anmerken zu lassen, war Talin von alldem gar nicht begeistert.

dritter Teil

Im Restaurant herrschte nach wie vor Hochbetrieb. Die Kellnergehilfen trugen Tabletts hin und her, die Kellner servierten und bedienten. Ein Lied, von einem der hinteren Tische angestimmt, drang durch den Raum zu uns. Irgendwann hob der Mann seine rechte Hand, von der ich geglaubt hatte, dass sie an seiner Wange festgewachsen sei und zeigte dem Kellner das leere Glas. Statt ein volles zu bringen, griff der Kellner in die Brusttasche, holte einen kleinen Block heraus, riss ein Blatt davon ab, legte es auf den Tisch und blieb demonstrativ stehen. „Ich hatte nicht um die Rechnung gebeten", murmelte der Mann. „Ich wollte noch ein Bier."

„Sie haben schon genug getrunken", sagte der Kellner. „Außerdem sitzen Sie hier ganz allein und besetzen einen Tisch für vier Personen."

Natali und ich spitzten die Ohren. Talin war völlig ahnungslos und mit dem Salatteller vor sich beschäftigt. „Seit Stunden beschmutzt das Tier die Tischdecke. Außerdem riechen Sie unangenehm und wir möchten nicht, dass sich unsere anderen Gäste dadurch gestört fühlen." Der Mann entgegnete diesen schwerwiegenden Beleidigungen nichts. Bedächtig tastete er die Taschen seiner Hose und Jacke ab, ohne etwas hervorzuholen. Danach sagte er zaghaft: „Ich habe kein Geld." Dieser Satz kam mir vertraut vor. Nachdem ich einen Blick mit Natali gewechselt hatte, stand ich auf, ging an den anderen Tisch und raunte dem Kellner zu: „Bitte setzen Sie das hier auf unsere Rechnung." Anschließend beugte ich mich zu dem Mann hinunter, der nach seinem Hut griff und Anstalten machte, aufzustehen und fragte leise: „Würden Sie uns die Freude machen, uns Gesellschaft zu leisten? Wir haben noch einen Stuhl frei." Er sah mich gleichmütig an. „Ich möchte Sie nicht stören, mein Herr. Vielen Dank." Ich ließ nicht locker. Während ich den Mann, der kaum allein auf den Beinen stehen konnte, unterhakte und ihm auf den freien Stuhl neben Natali half, leistete er immer noch Gegenwehr. „Wirklich. Vielen Dank. Aber ich sollte gehen. Ich möchte nicht stören." Ich versicherte ihm, dass er uns nicht störe und dass er sich ruhig setzen solle. Natalis weiche Stimme unterstützte mich. Doch er sträubte sich noch immer: „Es wäre nicht angebracht, hier bei Ihnen zu sitzen. Sehen Sie doch, alle schauen schon her." „Und wenn. Bitte bleiben Sie sitzen. Haben Sie Hunger?" Der Mann überlegte kurz, sah sich um und sagte dann zaghaft: „Ich habe seit Tagen nichts gegessen, aber ich möchte Ihnen nicht zur Last fallen. Bitte lassen Sie mich gehen."

Mit einer liebenswürdigen Handbewegung bat Natali den Kellner an unseren Tisch und bestellte Essen und Bier für unseren Gast. Nachdem der Kellner die Bestellung aufgenommen hatte, legte der Mann den Hut auf seinen Schenkeln ab, griff sich an die Schulter und packte den Vogel. Natali fragte:

„Was tun Sie da?"
„Ich will ihn in die Tasche stecken."
„Warum?"
„Damit er sich nicht über Ihre Teller hermacht."

„Ich bitte Sie, lassen Sie ihn doch. Er soll ruhig herumlaufen."

Er setzte den Vogel wieder auf seine Schulter. Ich fragte ihn:

„Wohnen Sie hier in der Nähe?"
„Ich habe kein Zuhause."
„Und wo übernachten Sie?"
„Hier und da, wie's grad kommt."
„Aber das geht doch nicht! Sie werden krank. Haben Sie keine Familie?"
„Doch. Frau und Kinder."
„Und wo sind die?"
„Nicht weit von hier. In einer winzigen Wohnung."
„Warum sind Sie nicht bei ihnen? Hat man Sie hinausgeworfen?"
„Nein, aber es ist mir peinlich, mich dort sehen zu lassen."
„Haben Sie ihrer Familie etwas angetan?"
„Das Schlimmste, was man sich denken kann. Ich war früher bei der Bahn. Bevor wir in diese Stadt zogen, kamen wir ganz gut über die

Runden. Dann gab's eine neue Betriebsleitung und dann war's aus mit der Arbeit. Wir wurden entlassen. In der großen Stadt wird ja wohl auch für uns ein Plätzchen sein, dachten wir uns und zogen hierher. Mit dem Geld, das wir hatten, mieteten wir eine winzige Wohnung und meldeten die Kinder in der Schule an. Dann fing ich an, eine Arbeit zu suchen."
„Und Sie fanden keine?"
„Doch. Schon. Aber es waren immer Aushilfsjobs. Für ein paar Tage. Drei Tage Arbeit, dann wieder einen Monat lang nichts. Gott bewahre alle vor Arbeitslosigkeit. Und mit unserem alten Frieden war's vorbei."
„Ist natürlich nicht einfach", bemerkte Natali.
„Ja, es ist schwer, gnädige Frau. Diese riesige Stadt frisst dich auf. Es gibt keine Menschlichkeit mehr."
„Und warum gehen Sie nicht nach Hause?"
„Ich sagte ja, mit unserem Frieden war's vorbei. Ich konnte die Miete nicht mehr zahlen. Ich konnte die Rechnungen nicht begleichen. Die Kinder wurden nicht satt. Von der Schule

mussten wir sie auch runter nehmen. Jetzt gehen sie hier und da putzen. Und meine Frau war sauer auf mich: ‚Hier hast du angefangen zu trinken. Eine Arbeit kannst du auch nicht finden, die Kinder kommen in der Schule nicht mit. Lass uns zurückkehren, bevor wir vor die Hunde gehen.' sagte sie."

„Ja, es ist schwer, in der Großstadt zu überleben. Vielleicht hätten Sie wirklich zurückkehren sollen."

„So einfach ist das leider nicht, meine Dame. Unsere Ersparnisse hatten wir aufgebraucht. Wir hatten nichts mehr. Und dort gibt's auch keine Arbeit."

„Und wie soll es nun weitergehen?"

„Seit einem Monat habe ich mich nicht daheim blicken lassen. Ich bettele hier und da. Aber niemand nimmt dir ab, dass du bedürftig bist. Es gibt keine Menschlichkeit mehr. Jeder kümmert sich nur um seinen eigen Kram."

„Ich bin wirklich erschüttert, glauben Sie mir. Sie sind ein netter, anständiger Mann. Es wäre schade um Sie."

Es entstand ein kurzes Schweigen am Tisch. Während der Mann mit Appetit aß, was ihm gebracht wurde, wechselten Natali und ich einen Blick. Der Vogel hopste von Natalis Hand auf ihren Arm, von dort auf ihre Schulter und begann, am Kragen ihrer schicken Bluse herumzuzupfen. Natali griff in ihre Tasche, holte Geld heraus und schob es mir, ohne dass der Mann es bemerkte, unter dem Tisch zu. Ich nahm es und steckte es in seine Manteltasche, während er das Essen in sich hinein schlang. „Nehmen Sie es", flüsterte ich ihm zu. „Sie werden eine Weile damit auskommen. Kaufen Sie was zu essen und gehen Sie heim." Verwundert steckte der Mann die Hand in die Manteltasche und holte die Scheine heraus. Nachdem er sie kurz mit den Augen abgeschätzt hatte, sagte er beschämt: „Mein Herr, das ist viel zu viel." Ich warf einen Blick auf das Geld in seiner Hand. Es war in der Tat zu viel, um es einem Penner zu geben. „Ich weiß nicht, was ich sagen soll. Gott möge es Ihnen lohnen", sagte er und stand fluchtartig auf. Er nahm Hut und Vogel und verließ, sich immer wieder zum Gruß verneigend, das Restaurant und mischte sich unter die Passanten.

Natali und ich wechselten einen langen Blick. Dann lächelten wir einander zu und nahmen unsere Unterhaltung wieder auf. Nun erzählte ich ihr, dass ich zu schreiben begonnen hatte. Sie war sehr überrascht und sagte, dass sie übermorgen kommen und es unbedingt lesen wolle. Bis zum frühen Morgen konnte ich kein Auge zutun.

vierter Teil

„Weißt du", sagte sie, nachdem sie die Blätter in ihrer Hand zur Seite gelegt hatte, „in dir finde ich etwas von allen Künstlern wieder, die ich verehre." Sie saß neben mir, unsere Knie berührten sich, und mir war, als müsste ich sterben vor Aufregung. „Es scheint, als seien all ihre unterschiedlichen Merkmale in dir vereint." Ermutigt durch diese schönen Worte, beichtete ich ihr, dass ich die ganze Nacht an sie gedacht hatte. Sie schwieg eine Weile. Schließlich sagte sie: „Mir ging's nicht anders." Und: „Es war ein schöner Abend." In diesem Augenblick hätte ich sterben können vor Glück.

Wir sprachen unentwegt, immer wieder begegneten sich unsere Blicke. An den Tagen, an denen wir zusammen waren, verging die Zeit wie im Fluge. Kaum war sie weg, begann ich sehnsüchtig unser nächstes Wiedersehen zu erwarten.

Lange dauerte es nie. Manchmal kam sie schon am folgenden Tag, spätestens aber am übernächsten. Eines Tages, Talin war gerade einkaufen, klingelte es an der Tür. Natali stand in voller Schönheit vor mir, ihre Augen glänzten vor Liebe. Sie war bereit.

Ich nahm sie bei der Hand, zog sie herein und schloss die Tür. Ich nahm ihr die Handtasche ab und warf sie achtlos auf den Schuhschrank. Ich drückte sie mit dem Rücken gegen die Tür, hob ihre Hände in die Luft und presste sie mit den Handflächen an die Tür. Wir standen eng beieinander, ich konnte ihren erstaunten, aber auch erregten Blick sehen, ihren Herzschlag hören. Ich konnte den Himmel sehen, die Hölle und die schmale Brücke, die darüber führt. Ich streckte meinen Mund ihren bebenden Lippen entgegen. Nachdem sie eine Sekunde, eine einzige Sekunde gezögert hatte, überließ sie sich meiner Leidenschaft. Überließ sich meiner Leidenschaft, meinem Feuer, meinen Armen. Meiner Begierde, meiner Erregung, meiner Jugend. Ich streifte ihren Rock hoch, dann glitt meine Hand unter ihre Bluse. Ich bebte, Natali bebte, die Tür bebte. Die Wohnung, das Haus, die Gasse bebten. Die Straße, das Viertel, die Stadt bebten. Alle Ungläubigen, die den Laut gehört hätten, den sie ausstieß, als sie niedersank und den Ausdruck ihres Gesichts gesehen, wären zwischen ihren gespreizten Schenkeln in die Knie gesunken und auf der Stelle fromm geworden.

Nach einigen reglosen Sekunden drückte sie ihren Kopf gegen meine Schulter und versuchte, ihre Atemzüge zu ordnen. Ihre Gedanken, ihre Kleidung zu ordnen. Dann griff sie nach ihrer Tasche und stürzte hinaus, ohne ein einziges Wort zu sagen.

Ich warf mich auf das Bett und steckte mir eine Zigarette an. Dann stand ich auf und ging aus dem Haus. In der Tasche hatte ich etwas von Talins Geld. Ich lief über Samatya nach Langa. Dort setzte ich mich in eine kleine Kneipe und bestellte ein Bier. An dem Tisch vor mir saßen zwei Männer. Der mit dem Rücken zu mir erzählte seinem Begleiter etwas, während er das

Knabberzeug aß, das er in der einen Hand hielt. Auf dem Tisch trippelte ein Vogel um die Schale mit Kernen und Nüssen herum und zwitscherte. „Ich war beim Grundbuch- und Katasteramt. Bevor wir in diese Stadt zogen, kamen wir ganz gut über die Runden. Dann gab's eine neue Betriebsleitung. Da war's aus mit der Arbeit." Ich gab dem Kellner ein Zeichen, dass ich es mir anders überlegt hatte. Während ich den Laden verließ, hörte ich den Mann sagen: „Diese riesige Stadt frisst dich auf. Es gibt keine Menschlichkeit mehr. Jeder kümmert sich nur um seinen eigenen Kram."

*

Talin hatte verstanden und war traurig. Sie war traurig, und sie sprach nicht mit mir, sie schlief nicht mit mir. Denn ich konnte meine Aufregung, mein Glück, meine Ungeduld nicht vor ihr verbergen. Ich lief in der Wohnung auf und ab wie ein Löwe im Käfig, dachte nach und wartete. Talin beobachtete mich traurig. Natali kam nicht. Mich dürstete es nach Natalis Lippen, nach ihren Brustwarzen und der Stelle zwischen ihren Schenkeln. Ich sehnte mich nach ihr, ich begehrte sie entsetzlich. Ich wollte sie sehen und mein Zustand nahm immer unerträgliche Ausmaße an. „Mir fehlte es an nichts", hatte sie einmal gesagt. „Gleichwohl war da eine Leere in mir." Ihre schönen Augen waren meinem Blick ausgewichen, als sie fortfuhr: „Ich spürte, dass etwas fehlte, ohne zu wissen, was es war." „Jetzt weißt du es, Liebste", dachte ich bei mir. „Komm endlich!"

Es war Frühling geworden. Das Zimmerfenster stand offen. Ich ging ans Fenster und schaute hinaus. Zwischen den Passanten, in den vorbeifahrenden Autos suchten meine Augen nach Natali. Ein paar Frauen putzten Fenster, andere hingen auf dem Balkon frisch gewaschene Wäsche auf. Zwischen den grünen Blättern der Bäume blitzten Knospen hervor, Tauben in allerlei Farben, die von den Dächern herabflogen, boten heiter ihre Kunststücke dar. Die Rufe der einander ablösenden Gemüseverkäufer, die über Lautsprecher ihre Ware feilboten, mischten sich mit den Gebetsrufen der Moscheen. Die Luft war erfüllt von einer grundlosen Spannung, einer Hast, einer Hoffnung.

Eine Woche später kam Natali. Genau eine Woche später, in der ich jede Sekunde unbeschreiblich gelitten hatte, war sie am frühen Morgen da. Ohne mich auch nur anzusehen, trat sie ein, gab Talin einen Kuss und ließ sich auf das Sofa fallen. Wirr und verstört sah sie aus. Auch für sie war es wohl keine leichte Woche gewesen. Ich ging zu ihr, streckte ihr meine Hand entgegen, um ihr übers Gesicht zu streichen. Sie stieß sie weg. „So geht das nicht...", raunte sie. Ratlos, was ich tun sollte, war ich wie erstarrt stehen geblieben. Ich spürte Talins schmerzerfüllte Blicke auf mir, versuchte ihnen auszuweichen. Etwas später sagte Natali, dass sie mit ihrer Schwester sprechen müsse und bat mich, sie allein zu lassen. Ich verließ das Zimmer und wartete vor der Tür. Die Zeit verging nicht und ich wollte wissen, was los war. Ich fürchtete, dass Natali nach dem Gespräch mit Talin einfach aufstehen und gehen könnte. Das würde ich nicht zulassen. Als ich meinen Kopf durch die Tür steckte, sah ich, dass Natali den Kopf auf die Knie ihrer Schwester gelegt hatte und weinte. Ich konnte nicht anders, ich trat ins Zimmer. Ich setzte mich neben Talin und legte meine Hand auf Natalis Haar. Sie hob den Kopf, sah mich an und stieß meine Hand sacht weg. Dann legte sie ihren Kopf zurück auf Talins Schoß und weinte weiter. Mit einer Hand strich Talin Natali über das Haar, während sie mir einen tiefen Blick zuwarf. Ich senkte den Kopf, wie zum Eingeständnis meiner Schuld. Ich wusste nicht, wie ich mich verhalten, was ich sagen sollte. Ich saß einfach da, sah sie weinen, hörte sie schluchzen. Wenig später erhob sie sich, küsste Talin auf die Wangen und ging zur Tür. Ich zögerte kurz, dann ging ich ihr nach. Ich holte sie zwischen den beiden Stockwerken ein und hielt sie am Arm fest. Ich drückte sie mit dem Rücken gegen die Wand. Sie versuchte meinem Griff zu entkommen, wich meinem Blick aus. Nachdem sie mir, meinen Lippen, meinen Augen, meiner Kraft, einige Minuten Widerstand geleistet hatte, gab sie nach. Das Treppenlicht war erloschen. Erneut war Natali in meinen Armen und würde nie wieder fort können. Sie war mein. Mit all ihren Empfindungen, in all ihren Windungen war sie auf ewig mein.

Als wir in die Wohnung zurückkehrten und uns aufs Sofa setzten, sagte sie noch einmal: „So geht das nicht. Ich kann das nicht. So ein Mensch bin ich nicht..." Talin hatte uns gegenüber Platz genommen und las von unseren Lippen ab. Ich nahm Natalis Hand in beide Hände und sagte: „Lass uns fortgehen, Natali." Sie hob den Kopf, sah mich an und fragte dann: „Wohin?" „Ich weiß es nicht", antwortete ich. „Ganz gleich wohin."

Sie überlegte kurz, dann stand sie auf und sagte: „Gehen wir." Ich erhob mich ebenfalls. Während ich vor ihr stand und ihr über das Haar strich, fragte ich: „Und die Kinder, Natali?" „Gehen wir", wiederholte sie.

Ich nahm meinen Ehering ab und legte ihn auf den Tisch. Sie tat es mir gleich. Sie ging zu Talin, schloss sie in die Arme und drückte sie lange. Ich tat es ihr gleich.

Wir kamen an der Bank vorbei, auf der ich vor nicht langer Zeit mit Talin gesessen hatte. Diesmal war die Uferpromenade nahezu menschenleer. Wir liefen schweigend nebeneinander her und ließen unsere Blicke umher schweifen. Nachdem wir Narlıkapı und Gençosman hinter uns gelassen hatten, ruhten wir uns auf einer Bank gegenüber dem Istanbul-Krankenhaus ein wenig aus. Seit Verlassen der Wohnung hatten wir nicht ein Wort gewechselt, hatten uns, abgesehen von ein paar verstohlenen Blicken, nicht einmal richtig angeschaut. Einige Minuten später stand Natali auf. Ich erhob mich ebenfalls. Sie war unruhig geworden. Ich hätte gern etwas gesagt, um es ihr leichter zu machen, um sie zu beruhigen, aber ich hatte nichts, was ich ihr hätte versprechen können. Da war ich also ein zweites Mal ohne einen Kuruş auf der Straße. Und diesmal war ich nicht allein. Jemand, an den ich denken, den ich beschützen musste, war bei mir: Ein Kind, das eben erst das Licht der

Welt erblickt hatte, ein Engel, paradiesische Düfte verbreitend, eine Fee von unvergleichlicher Schönheit.

Am Fischerheim vorbei und über Kumkapı hatten wir schließlich Sarayburnu erreicht. Es wurde allmählich dunkel und wir wussten immer noch nicht, wohin. Wir setzten uns auf eine Bank und sahen aufs Meer hinaus. Es war kühl geworden. Natali saß mit vor der Brust verschränkten Armen neben mir. Schließlich fragte sie: „Was wollen wir tun?" „Ich weiß es nicht", sagte ich. „Das Einzige, was ich weiß, ist, dass ich weder Geld habe noch eine Bleibe, wohin ich mit dir gehen könnte." Dann fügte ich hinzu. „Aber das weißt du ja auch so." Sie schwieg eine Weile. „Als ich das Haus verließ, hatte ich geahnt, dass heute etwas geschehen würde. Deshalb ließ ich das Geld und die paar Schmuckstücke, die immer in meiner Handtasche sind, zu Hause", sagte sie schließlich kaum hörbar. „Sie gehörten mir nicht." „Wunderbar!", dachte ich bei mir. In dieser seltsamen Welt finden sich also zwei; sie finden einen ideellen Schatz und sitzen in dieser seltsamen Welt an diesem gottverlassenen Ort, den alsbald Vagabunden in Besitz nehmen würden, in der Abenddämmerung, ohne einen Kuruş in den Taschen und sprechen von redlichem Denken und Handeln, von Moral und Gewissen: „Wunderbar!" Ob unsere edle Sicht der Dinge, was Ethik und Weltanschauung anbelangt, ausreichen würde, um die hungrigen Wölfe zu vertreiben, die bald im Rudel einfallen und uns umzingeln würden? „Hast du eine Idee, wo wir übernachten können, Natali?" Nein, hatte sie nicht...

„Ich könnte mich, ohne mit der Wimper zu zucken, von dieser erbärmlichen Welt verabschieden, Natali, indem ich verhungere oder durchdrehe." Ich hielt inne, dann fuhr ich fort: „Früher einmal war ich einem solchen Ende sehr nahe, grundlos und ohne eigenes Verschulden. Jetzt könnte ich es für dich, für uns von Herzen gern noch einmal tun." Sie legte ihre Hand auf meine Lippen und ließ nicht zu, dass ich weitersprach. „Lass uns umkehren", sagte sie. Wir standen auf.

fünfter Teil

Ich klingelte. An einer Wand im Wohnzimmer war ein kleiner Kasten angebracht, der mit der Klingel verbunden war. Wenn sie betätigt wurde, blinkte darin eine kleine Glühbirne. Als Talin öffnete, traten wir mit gesenkten Köpfen ein. Auf dem kleinen Beistelltisch standen eine Flasche Wein und drei leere Gläser. Talin musste gewusst haben, dass wir verzweifelt zurückkehren würden. Sie musste uns erwartet haben. Wir setzten uns, füllten die Gläser und begannen, ergeben auf unser Schicksal zu warten. Ein wenig später stand Talin auf, hob ihr Glas und trank auf unser Glück. Dann zog sie etwas aus ihrer Tasche und reichte es mir. Ich sah es mir an. Es war ein Beleg über zwei Fahrscheine für einen Überlandbus, der in einer Stunde abfahren würde. Anschließend hielt sie Natali eine Plastiktüte hin, die sie aus dem anderen Zimmer geholt hatte. Natali griff nach kurzem Zögern in die Tüte und zog drei Bündel Geldscheine hervor. Überrascht rissen wir die Augen auf. Nachdem die Beiden sich einige Minuten in Zeichensprache unterhalten hatten, fragte ich:

„Woher hat sie das Geld?"
„Sie hat die Wohnung verkauft."
„Welche Wohnung?"
„Die Mietwohnung."
„An wen?"
„Einen Makler... Weit unter Wert..."
„Wie hat sie das ohne dich tun können?"
„Ich hatte ihr eine Vollmacht erteilt. Damit sie keine Probleme mit der Miete hat."
„Und wovon will sie leben?"
„Sie weiß es nicht... Sie sagt, es ist nicht wichtig."

Natali stand auf und nahm Talin ganz fest in die Arme. Sie blieben eine Weile so eng umschlungen. Beide hatten Tränen in den Augen. Schließlich nahm Natali ihre Tasche vom Sofa. „Natali", sagte ich, „Talin soll mitkommen." Sie dachte kurz nach, dann sah sie mich mit einem tiefen Blick an und sagte: „In ein Haus gehört nur eine Frau." „Unsinn!" meinte ich. „Sie ist doch deine Schwester!" „Lass uns gehen", sagte sie.

Wir setzten uns in ein Taxi und fuhren zum Busbahnhof. Wir stiegen in den Bus ein, für den wir Karten hatten und machten es uns auf unseren Sitzen bequem. „Wohin fahren wir?" fragte Natali. „Keine Ahnung", antwortete ich. Wir lachten. Wenig später setzte sich der Bus in Bewegung. Bald schon legte Natali ihren Kopf auf meine Schulter und schlief ein. Während ich ihr über das Haar strich, fielen auch mir langsam die Augen zu.

Als ich gegen Morgen die Augen öffnete, verschlug es mir angesichts der Aussicht fast den Atem. Ich weckte Natali. Sie sah sich um: „Wo sind wir?" An einem Wegweiser, der nach „EVENES" zeigte, bog der Bus von der Landstraße ab. Unter den schneeweißen Wolken, die so nah schienen, als könnten wir sie mit der ausgestreckten Hand berühren, kündeten uns Tuffkegel, sogenannte „Feenkamine", von flügelschlagenden Tauben umflogen, schier endlos scheinende Täler und in Fels gehauene Gräber von einem neuen, einem schönen Leben.

Im Ort setzten wir uns an den einzigen Tisch vor einem Imbiss und aßen eine Kleinigkeit. Während ein Bus fahrplanmäßig abfuhr, ließ Natali den Blick umher schweifen. Es war schönes Wetter, ruhig und friedlich. Nachdem sie einen Schluck von ihrem Kaffee genommen hatte, sagte sie leise: „Die Zeit vergeht hier langsam." „Ja", sagte ich, „wie für uns geschaffen."

Wir hatten nichts an Hausrat mitgenommen. Als wir uns erhoben und uns auf den Weg zum nahen Basar machten, begegneten uns ein paar ausländische Touristen. Terror, Erdbeben und Wirtschaftskrise waren vergessen und verdrängt und hatten ihren Platz diesen glücklichen Touristen überlassen, die herumflanierten, als sei nie etwas geschehen. Im Basar betraten wir das Büro des zwischen Teppichgeschäften, Kerami-

fünfter Teil

kläden und Juwelieren etwas verloren wirkenden Immobilienmaklers, um zu sagen, dass wir beabsichtigten, uns im Städtchen niederzulassen und eine Wohnung zu mieten.

Alles schien hier in bester Ordnung. Die Ladenbesitzer trafen Vorbereitungen für die nahende, vielversprechende Saison. In den Geschäften wurde gestrichen, geputzt, aufgefüllt. Wir gingen an ihnen vorbei, bis wir an dem Haus angelangt waren, das uns der Makler zeigen wollte.

Den Eingang des einstöckigen Hauses mit gewölbten Zimmerdecken erreichte man über einen Weg durch einen kleinen Garten mit bereits knospenden Blumen, vorbei an einem Stapel Holzscheite. Es sei ein griechisches Haus, sagte der Makler, der uns herumführte. Der Wohnraum war mit Parkett, Polsterbänken rundum und einem Kamin ausgestattet. Ich sah aus dem Fenster, ein wunderbarer Ausblick auf die interessanten Erdformationen der Region und einen Fluss, der das Städtchen teilte. Das

Haus war solide, sauber und bezugsfertig. Natali strahlte vor Glück.

Ich ging zurück in das Maklerbüro, trug einen erfundenen Namen in den Mietvertrag ein, unter den ich eine ebenfalls erfundene Unterschrift setzte. Nachdem wir Miete und Provision bar bezahlt hatten, gingen wir auf den Basar, um uns das vom Makler empfohlene Ladenlokal anzusehen. Ohne Zeitverlust wollten wir anfangen zu leben.

Im leeren, sanierungsbedürftigen Ladenlokal erkundigte sich der Makler nach unseren Plänen. Diese zweite Chance, die mir gewährt wurde, wollte ich nicht gefährden, indem ich etwas völlig Neues anfing, worin ich mich nicht auskannte. Deshalb sagte ich, dass ich an einen Souvenirladen dachte. Er entgegnete, das sei eine gute Idee. In einigen Tagen werde vor lauter Touristen kein Durchkommen mehr möglich sein, meinte er. „Wir brauchen nicht viel", sagte ich. „Hauptsache, wir sind auf niemanden angewiesen." Er bestätigte meine wahrhaftigen Worte mit einem stummen Nicken.

Noch am selben Tag begannen wir mit der Arbeit. Wir bestellten ein paar notwendige Möbel fürs Haus, erstellten einen Arbeits- und Kostenplan für den Laden. Wenn wir es wie geplant durchführten, würden wir, nach den notwendigen Käufen und den Sanierungsarbeiten, kaum etwas übrig behalten. „Wenn's nicht anders geht, nehmen wir einen Kredit auf", meinte Natali. Ich sah vom Block auf und sagte: „Bloß nicht!" Sie lachte.

Nach einigen arbeitsreichen Tagen packten wir im renovierten und komplett eingerichteten Laden die Ware aus den Kartons und räumten sie in die an den Wänden angebrachten Regale. Unser Geld war aufgebraucht. Einen Teil der Verkaufsware hatten wir anschreiben lassen. Unser ganzes Geld hatten wir in den Laden gesteckt und eine Welt für Zwei geschaffen. Wir hatten ein schönes Häuschen, in dem wir den Rest unseres Lebens verbringen würden und wir hatte einen Laden, mit brechend vollen Regalen. Mit jedem Tag stieg die Zahl der Touristen, die über den Basar flanierten. Der fröhliche Ladenjunge tat gutgelaunt seine Arbeit und alberte mit Natali herum. Ich betrachtete die Beiden eine Weile, dann zog ich mich in eine stille Ecke des Ladens zurück und hob den Kopf und schaute hoch: „Zugegeben", sagte ich. „Ich habe Fehler gemacht... Es kam vor, dass ich aufbegehrte, dass ich Dich, weil ich außer mir vor Wut war, in unangemessener Weise titulierte, dass ich böse Dinge sagte. Ich habe einen hohen Preis dafür gezahlt. Dennoch danke ich Dir aus tiefstem Herzen dafür, dass Du mir diese Chance gewährt hast." Ich war von wahrhaftigem, aufrichtigem Empfinden erfüllt. Gerade als ich meinen Kopf wieder senken wollte, fiel mir ein, dass nichts dagegen einzuwenden wäre, nach all der Aufregung ein wenig zu scherzen. „Na", witzelte ich, „wie hab ich mich rausgeredet?" Und fügte hinzu: „Nicht jede Kuh lässt sich melken."

Ich holte das Schild, das ich am Eingang anbringen wollte. Während ich nach etwas suchte, um mich darauf zu stellen, vernahm ich herzzerreißendes Kreischen. Ich hob den Kopf und schaute hoch, es war die Hochzeit der Möwen. Es verhieß nichts Gutes.

Als ich hineinging, um einen Stuhl zu holen, drehte der Ladenjunge gerade das Radio leiser und rief aufgeregt: „Haben Sie gehört? Die haben das Welthandelszentrum in die Luft gejagt!" Zunächst begriff ich nicht: „Ja und?", brummte ich. „Was geht's uns an?" „Krieg", sagte er. Der Verfluchte... Genau das sagte er.

www.ingramcontent.com/pod-product-compliance
Lightning Source LLC
LaVergne TN
LVHW092008090526
838202LV00002B/58